RPM
3000

RPM3000 3

가프 장편소설

초판 1쇄 찍은 날 § 2017년 6월 23일
초판 1쇄 펴낸 날 § 2017년 6월 30일

지은이 § 가프
펴낸이 § 서경석

편집책임 § 이선근
편집 § 김슬기

펴낸곳 § 도서출판 청어람
등록번호 § 제387-1999-000006호
등록일자 § 1999. 5. 31
어람번호 § 제1-2722호

주소 § 경기도 부천시 부일로 483번길 40 서경B/D 3F (우) 14640
전화 § 032-656-4452 팩스 § 032-656-4453
http://www.chungeoram.com
E-mail § chungeorambook@daum.net

ISBN 979-11-04-91382-2 04810
ISBN 979-11-04-91342-6 (세트)

FUSION FANTASTIC STORY

RPM 3000

3

가프 장편소설

도서출판 청어람

RPM 3000

Contents

1. 스프링캠프 막차를 타다   7

2. 지상명제, 살아남아라   51

3. 준비된 자만이 기회를 얻는다   81

4. WBC 미국 대표팀을 간 보다 I   115

5. WBC 미국 대표팀을 간 보다 II   141

6. 족집게 황운비   169

7. 양키스를 잡다 I   199

8. 양키스를 잡다 II   223

9. 영원한 건 없다 I   247

1. 스프링캠프 막차를 타다

3학년, 고교 무대가 좁았다.

운비가 등판하면 상대 팀들은 분주해졌다. 소야고가 2점만 뽑아도 포기하는 분위기가 되었다.

—황운비 비켜가기.

3학년 내내 다른 팀들이 단골로 내세운 전략이다. 그럼에도 불구하고 황금사자기를 안고 청룡기를 안았다. 그래도 봉황기 는 인연이 없었다. 세계청소년선수권대회 때문에 운비가 마운 드를 비운 까닭이다.

운비가 역투한 한국이 우승했다.

여기서 리베라와 해후했다. 둘은 적이었지만 마음으로 통했다. 쿠바전에는 운비가 등판하지 않았다. 리베라는 0.522의 고타율로 우수선수상을 받았다.

운비가 없을 때에도 소야고는 동네북이 아니었다. 다른 투수들이 분전한 것이다. 자부심으로 다져진 소야고는 이미 명문고의 반열에 올라 있었다.

졸업을 했다.

3년.

박 감독의 말이 맞았다. 더 머물고 싶다고 해서 허용되는 자리가 아니었다.

미국으로 건너갔다.

2016년 한 해가 지나갔다.

2017년.

BFP 프로그램으로 거듭난 지 1년.

새봄이 시작되는 2월 초에 운비는 스칼렛의 사택 정원에 있었다. 사택은 소담했다. 작은 정원이 딸린 집은 고즈넉한 여유가 있었다. 스칼렛은 집조차 그의 여유를 닮아 있었다.

운비 손에 들린 건 여전히 테니스공이었다. 쉬는 사이에도 쉴 새 없이 악력을 높였다. 운비의 모든 것에 면도날을 들이댄 보젤 등의 코치진과 트레이너들도 이것만은 관여하지 않았다. 오히려 한 번 체크하더니 고개를 끄덕였다.

박 감독의 지도는 과학적이거나 분석적이지 않았지만 그의 지도 방식은 틀리지 않았다.

저만치 보젤의 차가 달려와 멈췄다. 운비가 원목 테이블에서 일어섰다. 마치 거목이 서는 것 같았다. 반바지 사이로 장딴지의 근육이 불끈거리는 게 보였다. 키도 '무려 1㎝'가 자랐다. 떡 벌어진 어깨와 검게 그을린 운비의 얼굴에서 앳된 모습은 흔적으로만 남았다. 거뭇하게 자란 턱수염과 출렁거리는 뒷머리.

오오오오!

소리도 들릴 듯하다. 운비는 흡사 브레이브스 응원을 상징하는 토마호크 춉, 도끼를 휘두르는 야성의 인디언 전사를 닮아 있었다. 이제는 누가 뭐래도 완전한 빅 유닛이었다.

"헤이, 보젤!"

운비가 먼저 손을 흔들었다.

"황, 보기 좋은데?"

"그러게. 모델로 전향해도 되겠어?"

함께 내린 사람은 훈련 전담 포수 메켄지였다. 양키스와 컵스를 거쳐 다저스에서 은퇴한 그는 투수의 심리를 파악하는 데 탁월한 재주를 가지고 있었다.

이제는 1년간 호흡을 맞춘 사이다. 소야고에서 세형과 그랬듯 운비와 메켄지는 나이를 떠나 찰떡 호흡을 이루고 있었다.

"감기는 다 나았나요?"

운비가 주먹을 내밀었다.

"물론이지. 콜록."

메켄지도 주먹을 내밀어 응수했다.

"이어, 우리 늙은 악동들이 도착했구먼?"

문이 열리면서 스칼렛이 모습을 드러냈다. 앞치마를 두른 요리사 콘셉트이다.

"흐음, 냄새 좋은데요? 저번처럼 태워먹은 건 아니겠죠?"

보젤이 코를 큼큼거리며 웃었다.

"가끔은 태운 것도 별미지. 투수에게 패전이 약이 되듯 이."

스칼렛이 운비를 보며 찡긋 윙크를 던졌다. 맥락을 알아들 은 운비도 가만히 웃었다. 작년 마이너리그 첫 등판의 쓴맛을 상기시키는 게 분명했다. 분명 그건 약이 되었다. 그것도 엄청 난 보약.

"자, 들어가시죠."

운비가 뒤에서 보젤과 메켄지를 밀었다. 둘의 덩치도 만만 치 않지만 갓 스무 살의 팔팔한 운비와 비할 바는 아니었다. 거실에는 다른 날과 달리 커튼이 촘촘히 드리워져 있었다. 짱 짱한 햇빛이 싫은 걸까?

"드세. 이번에는 직접 컨트리 마켓에 가서 골라온 닭이라 맛이 다를 거야."

"그래봤자 마트 아닙니까?"

보젤이 딴죽을 걸었다.

"마트도 마트 나름이지. 새벽에 옷을 벗긴 놈들이라네. 황의 조국에서는 이런 놈들 가슴살을 잘라 날것으로도 먹거든."

"오, 정말?"

보젤과 메켄지가 동시에 운비를 돌아보았다.

"나는 잘 모르는데 스칼렛은 먹어봤답니다. 맛이 기가 막히다던데요?"

"흐음, 하긴 재패니스와 코리안은 날생선을 좋아하지. 전에 다저스에 함께 있던 일본 투수도 회라면 사족을 못 썼거든. 새로 합류한 토모도 그렇다는 소문이고."

메켄지가 어깨를 으쓱해 보였다.

토모.

이름 하나가 운비의 귀에 박혀왔다. 앞으로 두고두고 곱씹게 되는 이름이다.

"그럼 이건 어떤가?"

스칼렛이 다른 요리를 꺼내놓았다. 고소한 냄새가 진동하는 프라이드치킨이 나왔다.

"엇, 이건 못 보던 레시피인데요?"

보젤이 고개를 들었다. 그건 확실히 미국의 닭요리와는 달랐다.

"그 또한 황의 조국에서 즐겨 먹는 요리라네. 내가 하도 치킨스튜와 버터구이만 내놓았더니 황이 질려하는 거 같아서 마련해 봤지. 인터넷에서 레시피를 다운받아서 말이야."

"황, 스칼렛 말 맞아? 뻥치는 거 아니겠지?"

"그걸 같이 내놓으셔야죠."

운비가 스칼렛을 바라보았다.

"아차, 내 정신. 늙으면 이렇다니까."

스칼렛이 부랴부랴 챙겨온 건 생맥주 통이었다. 맥주는 운비가 따랐다. 거품이 풍성하게 올라왔다.

"이거랑 같이 먹어야 좋은 세트 메뉴입니다. 한국말로 치맥이라고 하죠."

"치맥?"

"치킨과 비어. 비어가 한국말로 맥주거든요. 맥주의 맥을 따서 치맥."

보젤이 묻자 운비가 설명을 풀어놓았다.

"황은 오늘도 콜라?"

메켄지가 운비를 보았다.

"톡 쏘기는 마찬가지 아닌가요?"

운비는 여전히 콜라 잔을 들어 보였다.

"자, 그럼 황의 스무 번째 생일을 축하하며!"

"Bottom up!"

메켄지가 잔을 높이 들었다. 네 사람은 각자의 잔을 부딪치며 축하 자리를 즐겼다. 운비의 만 스무 번째 해피 벌스데이였다. 아침에는 한국에서 부모님의 축하 전화가 걸려왔었다. 그리고 스칼렛의 초대에 응한 운비였다.

"헤이, 황!"

맥주를 들이켠 메켄지가 운비를 불렀다.

"예?"

"걸프렌드 없어? 이런 날은 떡하니 옆구리에 끼고 키스라도 작렬해야지. 이거 브레이브스 최고 루키가 영 모양이 안 나네?"

"하핫, 한국에 가면 널리고 널렸지요. 특히 섬의 여자들은 다 내 여자입니다."

운비는 익숙하게 들어오던 뻥으로 위기를 넘겼다.

"흐음, 결국 없다는 얘기군. 하긴 1년 동안 여자라고는……."

"여자가 어때서? 윤서가 있잖아? 죽여주는 미인이던데……."

듣고 있던 보젤이 끼어들었다.

"그녀는 시스터니까 열외. 황이 야구는 몰라도 여자는 쫭이라니까. 미국에서는 말이야, 열여덟 생일만 돼도 총각 딱지 떼느라 바쁜데……."

"그만해. 황은 오직 야구밖에 모르는 거 몰라? 여자는 나중에 탐닉해도 괜찮아. 여자로 신세 조진 빅 리거가 한둘이야?"

보젤이 손사래를 쳤다.

"흐음, 그나저나……."

메켄지가 달력을 바라보았다. 그러자 분위기가 돌변했다. 스프링캠프 때문이다. 곧 시작될 스프링캠프. 거기에 대한 통보는 운비에게 오지 않았다. 올 시즌 메이저리그에서 뛰려면 일단 캠프에 참가하는 40인 로스터 안에 들어야 했다. 물론 시즌 전에 극적으로 합류할 수도 있지만 그건 특별한 경우였다.

하지만 그 데드라인이 어제였다. 리베라에게는 통보가 왔지만 운비는 빠졌다.

'아마…….'

운비의 기억이 작년 늦봄으로 돌아갔다. 마이너 경기장이 나왔다. 마이너 성적이 개판이었다. 특히 첫 두 경기가 그랬다.

그때 운비는 완전히 게임을 말아먹었고, 홈페이지에 소개된 팜 랭킹도 곤두박질치고 말았다.

"아, 진짜… 올해만 날인가요? 생일날 초를 치고……."

운비가 볼멘소리를 냈다. 조금 어려운 표현을 하자니 영어도 달렸다. 오늘 같은 날 윌리 윤은 또 왜 바빠 가지고…….

윌리 윤은 운비의 전속 통역이다. 오늘 선약이 있다며 불참한 것이다.

"오케이, 역시 황은 강철 마인드라니까."

메켄지의 엄지가 올라갔다.

"비꼬는 거 아니죠?"

"전혀."

"스칼렛, 치킨 더 없어요?"

운비가 바구니를 들어 보였다. 스칼렛은 씨익 웃어 보이고는 주방으로 향했다. 그러자 보젤과 메켄지도 일어섰다. 맥주를 마시니 방광이 신호를 보낸다나 어쩐다나.

스프링캠프.

혼자 남은 운비의 시선이 정원으로 향했다. 그 단어가 눈에 밟혔다.

지난 1년, 돌아보면 숨 가쁜 한 해였다. 더불어 웃음만 나왔다. 그 1년 동안 죽어라 훈련만 받은 건 아니었다. 빅 리그의 분위기도 체험했고 휴가도 두 차례나 다녀왔다.

하지만 그런 한가한 기억은 머리에 없었다. 지금 머릿속을 가득 채운 건 마이너리그 데뷔 무대였다.

'그때……'

미국에 날아온 지 두 달 만에 마이너리그 마운드를 밟았다. 속된 말로 겁을 상실한 일이었다.

'마이너리그 정도는……'

압도할 수 있지 않을까?

그게 싱글 A건, 더블 A건, 트리플 A건.

운비의 생각은 그랬다. 포심과 커터의 날은 제대로 서 있었다. 두 달 동안 운비는 기본 훈련 과정에 충실했다. 몸을 만들고, 체크하고, 분석하고, 교정하고……. 그런 나날의 연속이었다. 그렇기에 몸이 근질거렸다. 빅 리그에서도 완투를 할 것만 같았다.

"어때?"

자신감이 찰고무처럼 탱탱하던 날, 보젤이 메이저 공인구를 들어 보이며 웃었다. 그 미소 속에 독이 든 걸 운비는 몰랐다.

"기꺼이."

마이너리그 등판 제의. 운비는 당연히 콜을 했다.

'그날……'

운비는 악몽을 꾸었다. 미국의 마운드에 처음 선 날, 영광 따위는 없었다. 운비의 영광이라면 역사적인 초구가 스트라이크 판정을 받았다는 것뿐이다.

상대는 양키스였다.

구장의 날씨는 더럽게도 좋았다. 관중도 꽤 있었다. 어떻게 알았는지 애틀랜타 교민들도 일부 와 있었다. 사인도 해주었다.

"황운비 선수 파이팅!"

교민들의 응원을 받으며 마운드에 섰다.

매직 존이 섰다. 미국 땅에서 처음 본 것은 아니었다. 프로그램의 일환으로 몇 번 연습 게임에 나선 적이 있었다. 그때보다는 생생해 보였다.

마이너리그, 내가 목적한 자리는 아니지.

팜 랭킹 상위권에 랭크된 운비. 자만은 아니었지만 여기서 기죽을 생각은 없었다.

타석에 들어선 타자는 탄탄해 보이는 체구의 흑인이었다. 나중에 알았지만 그도 양키스의 유망주 랭킹 상위에 포진한 타자였다.

실전감이 조금 처지지만 몸은 좋은 상태. 의기양양하게 포심을 초구로 찔러 넣었다. 의욕이 지나쳐 머리가 앞서고 어깨에 힘이 쏠린 날, 공이 높았다. 돌아보면 전체적으로 그런 날이었다. 모든 공이 조금씩 높게 제구가 되는 날.

타자는 눈빛 하나 흔들리지 않았다. 운비는 타자의 반응을 보았다. 타조의 신성 시력이 발현되며 경기장의 분위기를 장악한 운비였다.

2구는 커터를 먹였다. 푸른 콜드 존을 따라 타자의 가슴팍을 파고드는 공. 타자의 스윙이 저 홀로 춤을 추었다.

'오케이.'

치지 않았어도 스트라이크존. 조금 높게 영점이 잡힌 운비는 신경이 쓰였지만 버틸 수 있을 거라고 생각했다. 3구도 커터를 날렸다. 약점을 파고드는 같은 코스의 공. RPM 2,358을 상회하는 회심의 일구였다.

순간, 운비는 보았다.

타자의 눈가에 번져가는 음산한 미소. 딱 걸렸어. 그 눈빛이었다. 이 자식, 커터를 기다린 거야? 불안한 생각과 함께 타자의 배트가 돌았다. 방금 전과는 다른 스피드였다.

따악!

타자의 배트가 돌았다. 2구보다 공 한 개 더 높은 코스였다. 공은 영화 속에서나 보던 안타처럼 깨끗하게 날아갔다. 그야말로 교과서 같은 좌전 안타였다. 타자는 여유 있게 1루에 안착했다. 게다가 당연한 일이라도 한 듯 무표정했다. 한마디로 개무시였다.

'쓰읍.'

기분이 떨떠름했다. 제구가 조금 높은 편이지만 구속은 괜찮은 편. 커터를 연속으로 날린 게 실수였을까? 웃음으로 지난 일을 지웠다. 이제 고작 1루일 뿐이다.

2번 타자는 백인이었다. 그 역시 찰고무 같은 체형이었다. 포수의 사인이 나왔다.

'기분 전환 오프스피드 피치?'

포수가 느린 공 하나를 원했다.

오케이.

체인지업으로 화답했다. 2구는 바깥쪽 존에 빠른 포심을 먹였다.

볼카운트 0—2.

운비에게 절대 유리한 카운트가 되었다. 3구를 유인구로 버린 운비는 4구가 제구되면서 바깥쪽 존에 걸치는 스트라이크를 꽂았다.

"스뚜아웃!"

심판의 콜이 허공을 찔렀다. 삼진이다.

오케이!

무표정하지만 기분은 좋았다. 메이저라고 신들의 리그는 아닌 것이다. 더구나 마이너리그 아닌가? 살짝 흔들린 자존심에 자신감을 채워 넣고 3번 타자를 맞았다.

그런데 여기서 지옥문이 열렸다.

지옥문을 연 타자는 3번이었다. 그 이름은 이안 맥케니. 온

통 검은 피부의 그는 별다른 액션조차 없었다. 매직 존은 한 가운데서 몸 쪽 가까이로 듬성듬성 붉게 타올랐다.

이안 맥케니.

3루를 맡은 그는 최근 다섯 게임에서 펄펄 나는 타자였다. OPS가 무려 1.674를 찍고 있었다. 빅 리그의 콜이 임박한 타자. 포수 역시 그걸 알고 바깥쪽 낮은 공을 원했다.

작심한 포심이 초구로 날아갔다. 공 하나가 높았지만 쾌속 패스트 볼. 기다렸다는 듯이 맥케니의 배트가 돌았다.

짜악!

배팅 음은 낯선 파열음으로 귀를 관통했다. 운비가 눈을 돌렸을 때 공은 이미 펜스를 넘고 있었다. 우중월 스탠드의 상단을 맞히는 초대형 홈런이었다. 운비의 피가 왈칵 역류하는 순간이었다. 혈관을 닫고 있는 밸브. 그것들이 모조리 거꾸로 열리고 있었다.

'다시 처음부터……'

마음을 가다듬었지만 타자들 생각은 달랐다. 피 맛을 본 맹수처럼 집요하고 교활했다. 4번 타자에게 7구까지 가는 실랑이 끝에 랑데부 홈런을 맞았다. 몸 쪽 실투를 받아쳐 펜스를 살짝 넘긴 것이다. 4번 타자 역시 아무런 감흥 없이 다이아몬드를 돌았다. 홈인하면서 하늘을 향해 키스를 날린 게 전부였다. 1회를 마쳤을 때 스코어는 이미 3 대 0이었다.

2회에도 안타를 맞았지만 잘 넘겼다. 아웃 카운트 세 개 중에서 두 개를 삼진으로 잡았다. 커터 덕분이다.

3회 역시 수비 덕을 보며 삼자범퇴로 막았다. 운비는 살짝 안정을 찾은 듯이 보였다.

4회, 첫 볼넷이 나왔다. 초구와 2구의 공이 볼 판정을 받으며 카운트가 몰렸다. 작심하고 던진 체인지업 역시 심판의 손이 올라가지 않았다. 찜찜한 가운데 던진 포심은 공 하나가 높았다. 그 공에 타자의 방망이가 돌았다. 정타는 아니었지만 힘으로 밀어 장타를 만들어내는 타자들. 2루타가 되면서 1루의 주자가 홈으로 들어왔다.

4 대 0.

4회 말, 브레이브스가 두 점을 뽑으며 그나마 쪽팔리는 모양새를 덜어주었다. 하지만 운비의 기분 전환은 그것으로 끝이었다.

5회 초.

다시 운비의 불행이 시작되었다. 8번 타자를 삼진으로 잡으며 시작한 운비는 9번 타자를 맞아 포수가 원하는 곳에 포심을 날렸다. 공은 빗맞은 채 유격수 키를 살짝 넘어갔다. 숨을 돌리기 위해 견제구를 날렸다. 하지만 다음 투구 동작 때 주자가 뛰었다. 포수가 송구했지만 아슬아슬하게 살았다.

이어진 타자는 1번이다.

1회 첫 대결을 상기하며 커터보다 포심과 체인지업으로 승부했다. 그게 통했다. 체인지업에 속아 겨우 배트 끝에 맞춘 것.

하지만 3루수가 바운드된 공을 잡고 머뭇거리다 송구한 까닭에 1루에서 살았다. 내야안타로 기록되었다. 마음을 추스르고 2번 타자를 맞이한 운비. 두 타석 다 제압한 타자였기에 자신이 있었다. 포심이 통하며 아웃 카운트 하나를 더 늘렸다. 5구 삼진이었다.

투아웃.

3번 타자가 나왔다. 투런 홈런의 주인공 이안 멕케니였다.

'체인지업 낮게.'

포수 미트가 아래를 가리켰다. 높은 공으로 홈런을 맞은 까닭이다.

'커터.'

운비가 고개를 저었다.

'오케이. 정리하고 이닝 종결하자고.'

포수가 응수해 왔다.

벼린 커터가 들어갔다. 종으로 휘며 멕케니의 몸 쪽을 파고들었다. 그는 돌부처처럼 움직이지 않았다.

'하나 더, 조금 안쪽으로.'

포수의 미트가 공 반 개만큼 당겨졌다. 그곳을 겨냥했지만 공 한 개가 더 높게 들어갔다. 심판의 콜 역시 타자처럼 반응이 없었다.

'포심, 바깥쪽 존에 하나.'

카운트를 위해 포심 요구가 들어왔다. 그 공은 타자가 바로 커트해 버렸다. 4구는 다시 체인지업을 날렸다. 각이 제법 나오자 방망이가 돌았다. 이번에도 파울이 되었다.

볼카운트 2—2.

이상하게도 손끝이 말라 버린 느낌. 그래서 제구가 2% 아쉬운 날. 나쁜 예감이 들었다. 갑자기 존이 좁게 보였다. 던질 곳이 마땅치 않았다.

'포심?'

포수의 사인을 거절했다.

'No.'

'투심?'

'No.'

'그럼 체인지업?'

'커터.'

운비의 최종 결정이다. 첫 커터는 투런 홈런을 맞았다. 하지만 지금은 달랐다. 이제 몸이 좀 더 풀렸다. 그렇기에 빚을 갚고 싶었다. 타자 역시 커터는 주지 않을 거라고 생각할 수 있었다.

'안 좋은데?'

포수가 고개를 저었다.

'커터!'

운비는 물러서지 않았다. 주 무기로 갈아온 포심과 커터. 그런데 한 번 맞았다고 접어버릴 수는 없는 일이다.

'오케이. 낮게 낮게.'

포수의 미트가 목표 점으로 이동했다.

'멕케니……'

한번 해보자고.

빠르게 킥킹을 한 운비의 손이 시원하게 스윙을 그렸다.

따악!

멕케니가 기다렸다는 듯 배트를 휘둘렀다.

'잡았어.'

운비는 주먹으로 글러브를 쳤다. 공이 3루수 방면으로 향한 까닭이다. 하지만 그건 운비의 희망 사항일 뿐이었다. 벼락처럼 날아간 타구가 3루수 글러브 끝을 치고 빠져나갔다. 이번에는 내야안타였다. 김이 제대로 샜다.

결국 4번 타자에게 싹쓸이 2루타를 맞고 말았다. 그 또한 살짝 높게 날아간 공. 공은 펜스 상단을 직격하고 그라운드로 들어왔다. 자칫하면 넘어갈 대형 타구였다.

스코어는 7 대 2.

"우우우!"

관중석에서 야유가 나왔다. 그들의 엄지는 약속이나 한 듯 땅을 가리키고 있었다. 운비가 강판되었다. 마운드에서 더그 아웃까지 걸어오는 시간이 왜 그렇게 길었을까?

다음 투수가 나와 초구에 안타를 내주며 승계 주자까지 홈 인했다. 운비의 자책점이 8로 올라가는 순간이었다.

4와 3분의 2이닝 동안 2홈런 8실점. 5회를 채우지 못하고 강판된 황운비.

양키스, 그 이름과 그날은 운비 머릿속에 통한으로 남았다. 첫 단추를 퍼펙트하게 끼우려다 반대로 묵사발이 난 날.

"한 번 더?"

6일 후에 보젤이 또 공을 내밀었다.

"당연히!"

이제는 오기였다. 메이저리그에서 방방 날려고 미국으로 건너온 운비이다. 브레이브스의 미래를 위해 육성 중인 초엘리트 투수였다. 그렇기에 8실점은 스스로도 용납할 수 없었다.

실수였을 거야.

긴장해서 그런 거야.

이번에는, 이번에는…….

다시 양키스전에 나섰다.

다를 게 없었다. 다른 게 있다면 스리런이 6회 초에 나왔다는 것뿐. 이날 운비가 얻어맞은 점수 또한 무려 7점이었다. 실책이나 에러도 없었으니 방어율이 무려 13.5였다.

빅 유닛이 된 후 평균 2점 이하의 방어율을 찍던 운비에게는 더없는 치욕이었다.

유망주를 대변하는 팜 랭킹이 우르르 무너졌다. 아시아의 빅 유닛으로 팜 랭킹 10위권에 오르내리던 운비의 이름은 저 아래로 곤두박질쳤다.

하지만 그게 약이었다. 구단의 계산된 자극이었다. 브레이브스의 미래를 책임질 초유망주라는 덫에 걸려 있던 운비의 자만심. 혹시 모를 그 자만심의 근원을 잘라내기 위한 프로그램의 일환이었다.

두 번의 테스트 게임.

상대 팀 타자들이 가장 강한 조합을 골랐다. 커터에 강한 유망주와 빅 리그 콜업을 준비하는 타자들이 많이 포진된 날이었다. 운비로서는 바이오리듬이 가장 좋지 않은 날. 거기다 의도적인 매칭을 걸어버린 것이다. 쓰라린 한계를 맛보게 해줌으로써 스스로 절치부심하는 동기를 부여한 구단이었다.

운비의 '진짜' 육성 프로그램은 그날부터 시작되었다. 7점을 주고 돌아온 두 번째 게임 날, 운비는 간이 러닝장을 수도 없이 돌았다. 미치도록 웨이트를 하고 포수도 없는 펜스 앞에서 밤이 깊도록 공을 던졌다.

그날만은 누구도 운비를 말리지 않았다. 주어진 프로그램 외에는 몸을 함부로 돌리지 못하게 막던 트레이너들이 그림자도 보이지 않은 것이다.

아시아에서 펄펄 날던 미래의 빅 유닛 황운비. 그건 신기루였다. 물에 닿으니 속절없이 녹아버리는 솜사탕이었다.

쾅쾅!

문을 두드렸다. 불이 꺼진 로젤의 숙소였다. 그가 선하품과 하며 나오자 운비는 진심으로 요청했다.

Help me.

제대로 된 투수가 되게 해주세요.

문제점을 알려주세요.

"그것 때문에?"

로젤이 물었다.

"예."

"그걸 내가 어찌 알까?"

네가 알지.

로젤의 눈빛은 그랬다.

그는 매정하게 돌아섰다.

쾅쾅!

다시 문을 두드렸다. 이번에는 오랜 시간이 지나서야 문이 열렸다. 로젤이 말했다.

"진짜 알고 싶어?"

"예."

"그럼 투수 글러브를 끼고 왔어야지."

그날 밤, 숙소 위에 떠 있던 은색의 달빛, 운비는 그 달빛을 잊지 않았다. 글러브를 끼며 맹세했다. 어제의 나는 죽었다고. 승우가 운비를 만나 그랬듯이 메이저리그로 오기 전의 투수 황운비는 태평양에서 한 번 더 죽었다고.

사실 보젤은 처음부터 운비의 문제점을 알고 있었다. 그러나 인내했다. 보자마자 운비의 단점을 뜯어고치기보다 기본기를 키우면서 스스로에게 기회를 준 것이다. 보젤 또한 스칼렛처럼 운비가 좋아할 수밖에 없는 인물이 되었다.

운비는 그날 이후 다시 태어났다.

BFP 프로그램.

그제야 프로그램이 본격적으로 돌기 시작했다.

해머로 초대형 타이어를 내려쳐 팔근육을 키우고, 초대형 타이어를 끌어 허리와 다리의 근력을 키우고, 한계에 다다라 퍼질 때까지 투구 연습.

그랬을까?

물론 아니었다.

스포츠 과학의 시각에서 운비라는 몸에 대한 현미경적 분석이 시작되었다. 와인드업을 시작으로 팔로우 스로잉까지의 모든 단계를 디테일하게 해부했다.

제구가 불안할 때의 자세부터 분석되었다. 데이터는 이미 들어가 있었다. 운비가 등판한 연습 게임과 훈련 자료들이었다. 그것들이 단계별로 분석되어 화면으로 나왔다.

우선 머리.

안정 시의 투구보다 머리가 앞서 있다.

상체.

투구 방향으로 열려 있다.

다리.

투구 방향 쪽에서 멀다.

들어 올린 다리를 내릴 때 투구 방향으로 확실하게 옮기지 못한다.

팔.

상완골, 견갑골 체간의 일체화가 이루어지지 않아 기관 간의 틈이 있다.

팔꿈치.

이상적인 위치에서 3.22% 정도 낮다. 오랜 투구 시에 부상 우려까지 있는 각도였다.

골반.

고관절 축의 회전이 7% 부족하다.

결론—최적, 최고 피칭은 병진운동과 회전운동으로 형성된 에너지가 가장 효과적으로 공에 전달되었을 때 최고의 위력을 보임. 제구력이 불안할 때 머리의 각도 수정과 함께 골반의 회전을 높여야 함. 팔꿈치의 위치를 상향 수정하고 다리를 내릴 때 투구 방향으로 명쾌한 이행이 필요.

기본 방향이 나왔다.

피터 마리토가 초빙된 것도 그때였다. 운비는 몰랐지만 그는 메이저리그 최상급 트레이너였다. 수많은 프로그램까지 개발한 그. 2주일 동안 오가며 운비만을 위한 트레이닝 프로그램을 만들어주었다. 업그레이드된 피칭 포인트가 나왔다.

심플했다.

이것저것 더한 게 아니라 군더더기를 잘라내는 산뜻한 조절이었다. 모델로 삼은 투수 중의 하나가 인디언스의 실버 밀러였다. 빅 리그 최고의 불펜으로 불리는 밀러. 그가 바로 이것저것 더한 폼으로 망한 케이스였다. 하지만 세트포지션을 응용한 단순한 폼으로 되살아났다. 지금 그가 뿌리는 슬라이더는 랜디 존슨의 부활로까지 불리는 명품이었다.

—밀러처럼.

좋은 자극이자 동기 부여였다.

최적의 포인트를 위해 스피드를 조절했다. 향상된 제구를 위해서는 스피드도 조금 줄이는 게 좋았다.

〈1안〉
포심, 커터 구속 147~152km/h.
평균 회전수 RPM 1,550~1,620.
〈2안〉
포심, 커터 구속 152~155km/h.
평균 회전수 RPM 2,500~2,600.
추가 옵션, 체인지업.

스포츠 과학의 힘으로 최상의 구종 모델을 도출해 냈다. 신기하게도 소야고에서 박 감독과 나누던 대화와 거의 일치했다. 두 해법 중에서 제구에 유리한 건 역시 1안이었다. 2안은 시뮬레이션 투구 결과 이닝이 길어지면 제구력에 영향을 미치는 것으로 나왔다.

코치들도 1안을 밀었다. 운비의 디셉션 때문이다.

포심과 커터를 던지는 운비의 투구 동작은 완벽해 보였다.

아니, 정확히 말하면 한국의 고교야구에서 그랬다. 하지만 메이저의 눈은 달랐다. 보젤은 2구 만에 그걸 알아보았다. 사실 첫 두 달은 그 폼에 대한 교정이었다.

운비는 두 공을 하나로 만드는 훈련에 착수했다. 회전수도 같고 구속도 같은 포심과 커터. 분석 머신이 아니면 알 수 없는 트윈 피치 장착을 위한 길. 앞서간 양키스의 마리아노 리베라처럼.

그렇다면 이 프로젝트는 리베라 흉내 내기?

운비는 제2의 리베라?

No!

브레이브스가 의도한 건 그게 아니었다. 리베라는 하나의 참고 모델이었을 뿐 그들은 완전히 다른 운비를 꿈꾸었다. 그 또한 데이터에 근거했다.

리베라에 비해 황운비가 유리한 옵션이 여럿 있었다. 우선 빅 유닛이다. 절대 우세의 신장과 리베라에 비해 12cm나 긴 팔, 긴 손가락, 짧은 스윙이 그것이다.

투수판에서 홈 플레이트까지 거리는 18.44미터. 타자들은 대개 공이 절반쯤 날아왔을 때 타격에 대한 판단을 한다. 리베라의 커트는 홈 플레이트를 불과 3미터 정도 앞두고 변화한다. 게다가 1.5미터를 앞두고 꺾인다. 타자의 코앞이다.

신체의 메커니즘으로는 절대 대처할 수 없었다. 운비의 데이터를 대입하면 그 거리가 줄어든다. 장신과 긴 팔, 긴 손가락의 이점을 최대한 살리면 커터의 변화 지점이 무려 45cm나

줄어드는 것으로 나왔다.

1.05미터.

거기서 꺾이는 커터는 타자가 미리 예상하고 타격하지 않는 이상 반응할 수 없다. 게다가 운비의 공은 무브먼트가 좋았다. 리베라와 다른 커터를 꿈꾸는 일이 불가능한 일은 아니었다.

"오케이!"

"오케이!"

여기저기에서 긍정의 시그널이 나왔다. 물론 운비도 긍정자 중의 하나였다.

딜리버리를 수정하고 릴리스 포인트도 조정했다. 스트라이드에 맞춰 릴리스 포인트를 새로 설정하고 그에 맞춰 상, 하체의 근육을 조절해 나갔다. 체감 속도를 올리기 위한 싸움이었다. 트레이너들의 집중 분석은 곳곳에서 빛을 발했다.

릴리스 포인트를 운비의 신장에 맞춰 8㎝ 낮춤으로써 몸을 더 앞으로 끌고 나갈 수 있도록 했다. 릴리스 포인트가 타자 쪽으로 1㎝ 당겨지면 체감 속도는 0.16㎞가 빨라진다. 조금만 더 끌고 나와도 타자에게는 지옥이 되는 것이다.

이 투구 폼을 위해서 하체 근육의 활성도를 4% 높여야 한다는 전제가 덧붙었다. 강한 하체가 뒷받침되어야 릴리스 포인트를 유지할 수 있기 때문이다. 운비의 현 투구 동작 스트라이드는 92%. 메이저 투수들 평균보다 좋지만 잰슨의 95%보다는 낮았다. 이 또한 4% 정도 올리는 교정이 필요했다.

분석팀은 세밀하게 전진했다. 문제로 지적된 머리의 중심 이동과 투구 시 중심축이 되는 배꼽 위 지점, 고관절의 회전축, 릴리스 시에 발의 무릎 위에 형성되는 중심축의 이상적인 값을 도출해 냈다. 여러 시행착오 끝에 최적의 밸런스가 나왔다.

역시 문제점으로 지적된 팔의 각도와 스윙도 동반 교정되었다. 다행히 국내 마운드보다 딱딱한 편에 속하는 메이저리그의 마운드는 운비에게 친화성이 있었다.

황운비 타입의 모형.

그러나 거기가 진정한 시작이었다. 과학이나 분석이 투수를 완성시키는 건 아니었다. 그걸 자기 것으로 만드는 건 오로지 운비의 몫이었다.

쾅!

"다시!"

펑!

"다시!"

운비와 트레이너들의 사투가 시작되었다. 제구를 잡으면 구속이 낮아지고 구속을 올리며 제구가 흔들렸다. 둘을 다 잡으면 이번에는 회전이 맞지 않았다.

머리와 다리, 팔과 엉덩이, 그리고 어깨 근육, 미세한 교정이
라 쉬울 것 같지만 결코 그렇지 않았다. 가끔은 브레이브스의
투수 코치들이 방문했다. 점검차 온 것이다. 이상하게도 그들
이 오는 날은 자세가 잘 나오지 않았다. 평소의 습관이 그대
로 나왔다. 진짜 빅 유닛이 되는 길은 멀고 또 멀었다.

*　　　　　*　　　　　*

'미치겠군.'

하루를 미치고 이틀을 미치고, 운비는 날마다 미쳤다가 제
정신으로 돌아왔다. 다리와 팔, 머리, 공을 뿌리는 메커니즘
안에 든 모든 과정을 점검했다. 밥을 먹으면서도, 화장실 안에
서도 그랬다. 답은 쉽게 나오지 않았다.

아니, 가끔은 답이 나왔다. 하지만 진정한 답이 아니었다.
그 다음 날, 그 다다음 날에는 같은 결과가 나오지 않는 것이
다.

그렇다고 의기소침해하지는 않았다. 기분 전환을 위해 리베
라와 내기도 했다. 서로의 역할을 바꾼 내기였다. 운비가 타자
가 되고 리베라가 투수가 되어 함께 놀았다. 운비의 타격감은
나쁘지 않았다. 공식 대회에서 3할을 넘긴 적도 많았다.

그런데 리베라의 투수 능력도 나쁘지 않았다. 알고 보니 리틀 야구 투수 출신이었다. 타자로 전향한 건 15살 때였다. 고민할 때는 고민하고 연습 때는 거기에 미쳤지만, 그래도 즐길 때는 즐기는 운비였다.

보젤이 나선 건 한참이 지난 후였다. 그는 나중에야 그 이유를 말해주었다.

"스스로 노력하지 않은 상태에서 알려주면 효용도가 떨어지지."

간절함.

그는 그걸 바라고 있었다. 운비가 진심으로 갈구하는 시점. 그때가 되어서야 도움의 손길을 내민 것이다. 딱 한 뼘 앞에서 멈춘 해결책. 그건 운비 안에 있었다.

공을 던지지 않는 오른손.

그러나 폼으로 달린 것은 아닌 그 오른손.

그게 답이었다.

"힘을 준다고 공이 빨라지고 회전이 더 걸리는 건 아니야."

보젤이 운비의 어깨를 잡았다.

"투구 시에는 대들보 같은 중심이 필요하지. 그런데 그게 꼭 허벅지와 허리만으로 잡는 건 아니거든."

그는 왼손으로 허공을 짚었다. 마치 거기 손잡이라도 있는 듯.

'손잡이?'

운비가 고개를 들자 보젤이 찡긋 눈짓을 보내왔다. 글러브를 쥔 손이 보조 중심축이 되는 것이다. 보조 방향타였다. 새로 치면 꼬리의 역할. 날개가 나가려는 방향을 꼬리가 보조하는 것.

두 개의 중심축이 서자 제구가 안정되었다. 하체에서 머리로 이어지는 균형, 오른손을 이용한 중심 유지.

디셉션에 영향을 주지 않으면서 제구가 나아졌다. 타자 앞에서 변하는 공의 거리가 짧아졌다. 막힌 체증이 확 뚫리는 처방이었다. 처음에는 마리아노 리베라 수준에 못 미쳤지만 점차 비슷하거나 더 짧은 거리에서 공이 변했다. 타자들이 공 볼 시간을 줄인 것이다.

투수판에서 홈 플레이트까지 거리는 18.44m. 155km/h와 140km/h를 던진다면 약 1.4m의 거리 차가 생긴다. 속도만으로 타자의 눈을 현혹시킬 수 있었다.

타이밍인 줄 알고 배트를 돌렸지만 공은 아직.

타이밍인 줄 알고 배트를 돌렸지만 공은 벌써.

투수로서 그 이상의 투구법이 없었다.

소야고 때부터 머릿속에 그려오던 이론이다. 실전에서도 무의식적으로 써먹기도 한 운비. 그 본능적 투구를 메커니즘으로 만드는 건 쉽지 않았다.

그래도 운비는 군말 없이 트레이너들의 요구에 따랐다. 하드웨어는 이미 빅 유닛이 되었다. 그러나 완성이 아니었다. 운비가 원하는 빅 유닛은 게임을 지배하는 것. 뻥뻥 맞아나가는 공으로 타자들 타율 상승에 기여하고 싶은 생각은 없었다.

'재능은 개나 줘라. 오직 연습만이 좋은 선수를 만든다.'

박 감독의 어록이다.

운비는 그 말을 믿었다.

팡!

훈련.

팡!

오직 훈련.

운비의 신체에 적응하던 것처럼 시스템의 결과에 적응해 나갔다.

마지막 옵션은 체인지업이었다. 운비는 선발형 투수였다. 타순이 돌면 타자들의 적응이 시작된다. 그렇기에 양키스의 리베라와는 달랐다. 그는 단지 1이닝만 막으면 되는 투수였다.

오프스피드 피치가 필요했다. 운비는 커브도 구사하지만 각이 날카롭지 못했다. 게다가 커브는 패스트 볼과 다른 투구 동작을 해야 했다.

"이게 좋겠군."

그 또한 보젤의 제안이었다. 운비에게 잘 어울리는 체인지업이 있었다. 이름하여 벌컨 체인지업. 스플리터와 유사한 그립이지만 궤적은 서클 체인지업의 속도와 궤적을 그린다. 투구 폼 또한 기존의 포심 투구 동작과 같았다. 더 매력적인 건 운비가 이미 체인지업에도 상당히 단련이 되었다는 것.

스플리터와 다른 건 손가락 포지션이다. 스플리터는 검지와 중지 안에 공을 끼우지만 벌컨은 중지와 약지 안에 끼운다. 덕분에 투구 부담은 줄어들고 체인지업의 무브먼트를 가진다.

'착한데?'

매력적이었다.

이 공으로 재미를 보는 투수는 케네디로 그는 평균 90마일짜리 속구에 80마일 벌컨 체인지업을 던져 타자를 속아내고 있었다.

핵심은 패스트 볼과 벌컨 체인지업의 구속 차이가 10마일 정도라는 것. 운비의 구속이 케네디보다 조금 높으므로 구속 차이는 11~12마일 정도 유지하는 게 최적이라는 시뮬레이션이 나왔다.

시뮬레이션이 끝나면 적응, 적응이 되면 라이브피칭을 했다. 그다음에 최적의 컨디션을 가진 타자들을 호출해 도움을 받았다. 다양한 유형의 타자들은 단점 보완에 유용했다.

머신이 되어갔다.

적어도 제구에서는 머신이 되어야 했다. 그 어떤 상황에서도 포수가 요구하는 코스에 공을 찔러대는 머신. 운비는 차츰 아시아의 유망주에서 메이저리거로 세팅되어 갔다.

공 하나!

야구는 그 싸움이다.

구속이나 회전이 전부는 아니었다. 사이영상을 받는 초특급 투수라고 해도 타자들의 핫 존에 공이 들어가면 그 공은 사망선고를 받을 뿐이다.

정말 그랬다.

제구력의 상징으로 불리는 공 하나. 그 미세한 실투에도 메이저의 타자들은 용서가 없었다. 혹시라도 타자가 기다리고 있던 공이라면 담장을 넘어가는 건 필연에 가까웠다.

선구안이 좋은 타자라면 공은 반 개로 줄어들었다. 공 하나가 아니라 반 개가 승부를 좌우하는 것. 운비는 그걸 넘어야 했다.

6개월이 지난 후, 운비는 다시 마이너리그 마운드에 올랐다. 다시 양키스전이었다.

"Go Go 빅토리!"

마운드에 서기 무섭게 목청부터 가다듬었다.

이번에는 좀 달랐다. 같은 이름의 포심과 커터였지만 힘으로 밀어붙이는 공이 아니었다. 포심의 스피드가 압도적으로 올라간 게, 커터가 종으로 벌떡 일어선 게 아니었다. 하지만 타자들의 대처는 쉽지 않았다. 포심인가 싶으면 커터였고, 커터인가 싶으면 포심이 꽂혔다.

설령 커터를 노렸다고 해도 녹록지 않았다. 안으로 파고드는 공은 흡사 뱀 머리처럼 움직이고 있던 것이다. 제구는 100%까지는 아니었지만 88%까지는 미트 위치를 따라갔다.

5회까지 던진 운비의 실점은 1점이었다. 실투로 포심이 쏠리며 얻어맞은 솔로 홈런이 전부였다. 운비가 잡은 삼진은 네 개였다. 처음에 진 빚을 조금이나마 갚아주었다.

우쭐하지는 않았다. 그렇다고 해도 여전히 1승 2패. 방어율은 계산도 하기 싫을 정도였다.

"문제점."

트레이너들은 냉정했다. 운비가 아이스 팩을 어깨에 두를 때 그들이 내놓은 건 격려가 아니라 분석표였다. 수고했다는 말조차 없었다. 운비는 아직도 갈 길이 멀었다. 더구나 운비가 복수한 타자들은 마이너리거들이었다.

"인시아테의 재림이로군."

경기를 지켜본 스칼렛이 웃었다.

조나단 인시아테.

지난겨울, 그러니까 운비가 미국 땅을 밟을 즈음에 일어난 폭풍 트레이드로 옮겨온 주인공 중 하나였다. 장타 생산력을 떨어지지만 빠른 발과 수비, 컨택 능력을 갖춘 타자. 브레이브스의 중앙 외야를 책임지게 할 구상이었지만 전반기에 죽을 쒔다.

전반기 타율은 무려 0.227로 리그 181위를 기록했다. 우려의 목소리가 깊었지만 그는 후반기 들어 펄펄 날고 있었다. 후반기 타율은 0.341. 19경기 연속 안타와 17경기 연속 안타 행진도 벌였다. 전반기 부상으로 헤매던 타격감을 완전하게 회복한 것이다.

결국에는 내셔널 리그 중견수 골든글러브까지 차지했으니 그 백미는 메츠와의 경기에서 홈런 타구를 잡아낸 호수비였다.

타율 밑바닥의 상징으로 불리는 멘도사 라인에서 화려하게 부활한 인시아테. 그는 이제 브레이브스의 붙박이 리드오프로 자리매김하고 있었다.

'인시아테……'

스칼렛의 비유는 좋은 위로가 되었다.

시즌 막바지, 다시 마운드에 올랐다. 애리조나 폴 리그였다. 이날 운비는 비로소 게임을 지배했다. 6이닝 동안 일곱 타자를 삼진으로 돌려세웠고 산발 2안타를 맞았다. 그것은 운비가 부러뜨린 방망이 개수보다 적었다. 운비는 이날 배트

네 개를 작살냈다. 종이 한 장 차이의 발전이었지만 그게 무서웠다.

운비는 전반 3이닝과 후반 3이닝의 투구를 다르게 가져갔다. 전반은 커터의 전설 '리베라' 스타일처럼 던졌다. RPM을 줄여 포심과 커터의 회전수를 비슷하게 맞췄다. 포심의 회전은 1,600 정도였고 커터 역시 1,550대였다. 삼진은 두 개였다.

타순이 돈 4이닝부터 던진 커터는 스펙트럼을 달리 했다. 포심의 회전에 더해 RPM 2,500까지 올린 커터를 간간이 섞은 것이다. 같은 이름의 커터였지만 공이 변했다. 칠라 하면 떠오르고, 조금 늦으면 그대로 미트에 꽂혀 버리는 공. 덤으로 느린 벌컨 체인지업까지 믹스해 가며 타이밍을 농락했다.

타자들의 헛스윙이 많아졌다. 삼진이 늘었다. 전에 던지던 체인지업보다 확실히 위력적이었다.

RPM 3,000!

그래도 운비는 여전히 그 숫자를 꿈꾸고 있었다. 막연히 회전수 기록을 세우자는 게 아니었다. 투수로서 하나의 이정표를 세우고 싶었다. 하지만 아직은 아니었다. 훈련 기간 동안 운비가 세운 최고 RPM은 2,720이다. 딱 한 번 손가락 감이 기가 막힌 날, 어깨 안에 찰고무라도 든 것처럼 컨디션이 좋은 날에 세운 기록이다.

그렇게 운비가 세운 마이너리그 레코딩은 4게임 등판, 1승 3패에 방어율 6.85. 성적만 놓고 보면 팜 랭킹 상위의 자존심을 뭉개 버린 그저 그런 성적이었다.

'푸흣.'

선웃음이 나왔다. 돌아보면 그게 쥐약이었다. 나중의 두 게임은 좋았다지만 앞선 두 게임이 모든 것을 말아먹어 버렸다. 팜 랭킹도 우르르 무너져 저 뒤편으로 밀려났다.

'리베라…….'

1년 동안 함께 뒹군 미래의 타자 리베라를 떠올렸다. 지금쯤 쿠바에서 날아온 엄마, 여동생 인젤라와 축하 파티를 하고 있을 리베라이다. 운비는 진심으로 축하를 보냈다. 리베라는 이제 운비의 절친이 되었다. 성격도 시원하고 쿨해서 거리낌도 없었다. 한 여름에는 운비가 자갈 삼겹살을 선보였고, 리베라 역시 쿠바 음식으로 운비를 울리고 웃겼다.

이름이 뱀처럼 긴 '모로스 이 크리스티아노스'는 아직도 제대로 외우지 못해 구박을 받는 운비였다. 그것 외에 돼지고기를 숯불구이처럼 먹는 '츄레이타' 등도 좋았다.

휴식을 취할 때면 리베라는 봉고를 두드리며 고단함을 달랬다. 리베라의 북소리는 심금을 울리지 않았다. 오히려 그 반대였다. 북소리가 나면 저절로 어깨가 들썩거려졌다.

'내년에 따라가마. 그러니 꼭 40인 로스터에서 살아남아 25인

로스터에 들어라.'

운비는 눈에 선한 리베라의 행운을 빌었다. 그러면 잘할 것만 같았다. 5툴은 몰라도 4툴은 되는 재능이다.

"……?"

긴 회상에서 돌아보던 때다. 정전이 된 것인지 불이 나갔다. 이미 어두워진 밤, 느닷없이 불이 나가자 아무것도 보이지 않았다.

"스칼렛!"

스칼렛은 대답이 없었다.

"보젤! 메켄지!"

그 둘도 마찬가지였다.

'다들 어디 간 거야? 소변이 대변으로 변했나?'

손으로 앞을 더듬으며 나아갈 때다. 누군가 사람이 손에 닿았다.

"스칼렛?"

운비가 고개를 드는 순간 아슴푸레한 미등이 들어왔다.

"……!"

고개를 들던 운비가 소스라쳤다. 스칼렛이 아니었다. 보젤도 아니고 메켄지도 아니었다. 그는 다름 아닌 애틀랜타의 감독 맥스 스니커였다.

"감, 감독님?"

감독과 한두 번 인사를 나눈 적이 있는 운비. 헛것이 아닌가 싶어 눈을 비볐다.

"……!"

다시 눈을 떴을 때 운비는 또 한 번 놀랐다. 이번에는 하트 단장이다. 그가 감독 옆에 우뚝 서 있는 것이다.

"단장님?"

동공에 맺힌 인물상을 인지하는 동시에 한 걸음 물러섰다. 단장 옆의 또 한 사람, 운비의 뒷바라지를 책임진 애런 맥다니엘도 거기 있었다.

'아!'

이건 환상이 분명했다. 단장과 감독, 맥이 동시에 여기 나타날 리 만무했다. 그 뒷걸음질에 또 한 사람이 밟혔다.

"……?"

돌아보던 운비의 미간이 확 좁혀졌다. 이번에 보인 건 쿠바의 리베라였다. 1년을 동고동락한 초엘리트 프로그램의 타자 유망주 리베라. 그가 운비에게 꽃 한 다발을 내밀었다.

"축하한다, 황."

짧은 영어였다. 리베라 역시 영어에 능통치 않은 쿠바 청년. 운비와는 서툰 영어로 대화를 나누는 형편이었다. 물론 그렇다고 해도 둘은 큰 불편이 없었다.

"축하한다고? 뭘?"

그 말과 함께 모든 전등에 불이 들어왔다.

"스칼렛!"

운비가 소리쳤다. 스칼렛과 보젤, 메켄지가 문 앞에 있었다. 그들 손에는 샴페인이 한 병씩 들려 있었다.

"하트 단장, 통보하시게. 우리 팔 아파 죽겠어."

스칼렛이 단장을 재촉했다. 그러자 단장은 감독의 등을 밀었다.

"축하하네, 황. 자네가 40인 로스터에 들었어."

감독이 따뜻한 손을 내밀었다.

40인 로스터.

40인 로스터?

2. 지상명제, 살아남아라

"제가요?"

운비의 눈이 화등잔만 해졌다. 제아무리 강심장이라고 해도 반응하지 않을 수 없는 단어였다.

"악수하게. 자네 생일에 주는 특별한 선물이야."

스칼렛이 다가왔다.

"선물?"

"어제 통보하려고 했는데 스칼렛이 말하길 오늘이 황의 생일이라고 해서 말이야. 기왕이면 극적인 게 좋지 않겠나?"

하트 단장이 웃었다.

"리베라, 그럼 너도 짜고?"

운비가 리베라를 돌아보았다.

"어쩌겠어? 협조 안 하면 나도 로스터에서 뺀다는 걸. 거짓말 못 하는 성격이라 입 근질거려 죽는 줄 알았다."

리베라는 운비보다 두 배는 두툼한 입술을 실룩이며 웃었다.

"40인 로스터에 든 걸 환영하네. 이게 진짜 생일 축하야."

스칼렛에 보젤과 메켄지까지 합세한 3인, 운비의 머리 위에서 샴페인 뚜껑을 따버렸다.

펑펑!

샴페인은 활화산에서 터져 나온 용암처럼 넘치며 운비를 적셨다.

"스칼렛……."

운비는 뭐라고 말도 못한 채 스칼렛을 바라보았다.

"아, 이거 그저 황의 생일이라고 쓰는 인심이 아니라네. 우리 깐깐한 스니커 감독님께서 냉정하게 판단해서 결정한 거니까 실력으로 보답하면 되네. 빅 리거로 남으려면 언제나 그렇듯 말이야."

"스칼렛."

운비가 뛰어올랐다. 203㎝의 거한이지만 이 순간만은 나비에 못지않았다.

"하핫, 코리아에 전화 걸어야지? 뷰티풀 레이디 윤서가 좋아할 텐데."

소파에 쓰러진 스칼렛이 운비를 밀며 웃었다. 윤서를 모르는 사람이 거의 없었다. 미국 정착 초기에 함께 와서 운비를 도왔고, 그동안에도 세 번이나 다녀간 그녀이다.

벌떡 일어난 운비가 단숨에 핸드폰을 꺼내 들었다.

"누나!"

전화는 윤서가 받았다. 사실 그게 누구든 상관없었다. 운비는 돌직구라도 꽂아 넣을 듯 벅찬 경사를 전했다.

"나 스프링캠프 멤버로 참가하게 되었어!"

얼굴은 웃지만 눈덩이는 뜨끈했다. 젠장, 눈 안에 화산이 들어왔나? 미국 사람들은 기쁜 날 웃는다는데, 뼛속까지 메이저리거가 되어야 하는데…… 운비는 뜨끈한 눈덩이를 감추기 위해 점점 더 목소리를 높였다.

"나 잘할게! 응원해 줘! 알았지?"

소야도의 곽민규에게는 간단한 문자로 대신했다.

—스프링캠프에 참가하게 되었습니다. 승우 몫까지 열심히 할게요.

답은 오지 않았다. 미국으로 건너올 때도 그랬다. 섭섭하거나 슬프지 않았다. 운비는 갈 길을 알고 있었다. 그저 한길을 걸을 뿐이다.

오직 야구.

오직 빅 리거.

그 목표를 위해 나가는 운비였다.

그것만이 운비가 아는 모든 사람, 승우가 아는 모든 사람에게 영광이 될 일이었다.

＊　　　　＊　　　　＊

뻥!

공이 메켄지의 미트 안으로 빨려들어 갔다. 시원하게 꽂힌 공은 150㎞/h짜리 포심이었다.

뻑!

또 하나의 쾌속구가 날아갔다. 구속은 147㎞/h, 하지만 마지막 궤적이 아주 달랐으니, 이 공은 커터였다.

"몸 풀렸으면 기록 한번 세워볼까?"

미트를 내민 메켄지가 소리쳤다.

"오케이!"

승부욕 강한 운비가 마다할 리 없었다. 가볍게 심호흡을 하고 마무리 1구를 날렸다. 오직 스피드만을 생각한 포심이었다.

뻐억!

소리가 허공으로 울려 퍼졌다.

"얼마 나왔쇼?"

메켄지가 보젤을 바라보았다.

"156km/h."

"흐흠, 마지막치고는 나쁘지 않군요."

메켄지가 일어섰다.

야심찬 BFP 초대 프로젝트가 끝나는 순간이었다.

2월 13일, 구단이 투수, 포수조의 소집을 예고한 15일에서 이틀이 남은 시각이다.

BFP, 그건 브레이브스 퓨처 프로젝트의 약자였다. 동시에 '이안 버피'를 기리는 의미이기도 했다.

이안 버피.

3년 전 브레이브스는 진주를 만났다. 한 스카우터가 휴가를 지내기 위해 우연히 찾아간 계곡 낚시터. 그곳의 작은 공원에서 괴물을 만난 것이다.

신장 2미터에 야생의 강속구를 뿌리는 고등학교 3학년의 학생이 바로 버피였다. 당연히 스카우터는 물고기 대신 학생을 낚았다.

버피는 야구 피를 가지고 있었다. 그의 아버지가 비록 알코올중독자이지만 한때 마이너리그에서 투수를 했던 사람이었다. 광속구를 던졌지만 제구가 개판 5분 전이었다. 마이너리그를 전전하다 시들어 버린 그는 고향으로 돌아가 결혼을 했다.

야구 같은 건 다시는 쳐다보지도 않았다. 아들에게 재능이 있는 줄 알았지만 야구를 시키지 않았다.

—꿈도 꾸지 마.

덕분에 소년은 야구 클럽에 들지 못했다.

하지만 그 피가 어디 갈까? 운명적으로 스카우터에게 픽업된 소년은 브레이브스 베이스볼 아카데미에서 기본을 익혔다. 제구가 잡히는 날은 마이너리그를 지배했다. 하지만 그렇지 않은 날이 더 많았다. 투수 코치들이 고개를 저었다. 대박 아니면 쪽박인 선수를 어쩐단 말인가? 그것도 쪽박이 더 많은 그를. 다른 팀에 넘기려 했지만 그들 역시 제구 없는 투수를 원하지 않았다.

—어디다 골칫덩이를 넘기려고.

골칫덩이.

그 말을 소년이 들었다. 상심한 소년은 자살을 해버렸다.

긁히는 날에는 160㎞/h를 쏴대던 소년.

소년은 어렸고, 구단은 성급했다. 처음부터 제대로 된 프로그램으로 가르쳤더라면…….

그게 바로 BFP 프로그램이 만들어진 계기였다. 때마침 유망주 콜렉터로 변신하던 브레이브스의 이미지와도 어울렸다. 그리고 그 첫 수혜자가 바로 운비와 쿠바의 리베라였다.

야심적으로 시도한 엘리트 육성 프로그램.

먹힐까?

마지막 공을 던진 운비를 향한 보젤과 메켄지의 눈빛이 그랬다. 1년 동안 심혈을 기울여 완성시킨 작품. 길다면 길고 짧다면 짧은 시간 동안 운비는 메이저리그를 익히고 배웠다.

쉬는 날에는 홈구장에 나가 분위기를 익혔고, 즐비한 강타자들과 실제로, 혹은 가상으로 대결했다. 그러나 프로그램은 프로그램이고 실전은 실전. 마이너리그의 많은 선수 중에는 빅 리그라는 중압감에 못 이겨 제자리로 돌아간 사람이 한둘이 아니었다. 수많은 마이너리거들과는 달리 빅 리거는 단 800여 명. 이제 결과는 오롯이 운비에게 달린 셈이다.

"끝났어?"

저쪽 끝에서 케빈이 소리쳤다. 그의 곁에는 언제나 그렇듯 리베라가 서 있었다. 어깨에는 여기저기 홈집이 난 검은 배트가 걸려 있다. 그것은 곧 리베라도 프로그램을 종결했다는 뜻이다.

"황!"

리베라가 다가왔다.

"끝?"

"오케이, 이제 메이저리그 씹어먹어야지?"

리베라가 고기 씹는 표정을 지었다. 여전히 영어는 띄엄띄엄한 둘이다.

"더도 말고 덜도 말고 빅 리그에서 3할만 쳐라."

"너는 10승?"

리베라가 주먹을 내밀었다. 운비는 큼직한 주먹으로 그 주먹을 받았다. 리베라의 눈빛이 별빛처럼 느껴졌다. 운비의 눈은 그 안에서 태양처럼 끓고 있었다.

＊　　　＊　　　＊

"콜라?"

저녁 만찬에서 보젤이 운비에게 물었다. 이제는 스칼렛과 통역 윌리 윤까지 합석한 자리이다.

"물론이죠."

"스칼렛은요?"

"나도 콜라."

스칼렛은 운비의 손동작까지 따라했다.

"그럼 저도 묻어갑니다."

윌리 윤까지 콜라로 통일하니 테이블은 양분되었다. 생맥주를 시킨 보젤과 메켄지, 콜라의 운비와 스칼렛, 그리고 윌리 윤.

"1년이 화살 같군. 황을 본 게 엊그제 같은데."

보젤은 아쉬운 눈빛을 감추지 않았다.

"다음 유망주가 오잖습니까?"

운비가 말했다.

"동영상을 백 번쯤 봤는데 황보다는 클래스가 떨어져. 게다가 처음이라 정이 들었나 봐."

"흐음, 잔정이라곤 송어 옆구리에 박힌 점만큼도 없는 친구가 웬 립 서비스? 황의 성적에 보너스가 걸려서 그런 거잖아?"

스칼렛이 돌 직구를 날렸다.

"어이쿠, 스칼렛은 못 당한다니까요. 맞습니다. 나도 황이 빅 리그에 정착하면 샤이닝 보너스 받아서 지중해로 좀 떠날까 합니다. 이십 대 비키니 미녀를 옆구리에 끼고요."

"말만 들어도 흐뭇하군. 나도 낄 수 있을까?"

스칼렛이 장단을 맞췄다.

"조크가 심하시군요."

"왜? 너무 올드해서 판 깰까 봐?"

"아뇨. 황이 나오는 홈경기 죄다 챙겨보실 텐데 그럴 시간이 되겠어요?"

"그렇군. 나이 먹으면 깜빡깜빡한다니까."

스칼렛은 자신의 이마를 쳤다. 분위기까지도 잘 맞추는 사람이었다.

"기분은 어때?"

보젤이 시선을 운비에게 돌렸다. 처음부터 묻고 싶던 말이다. 그러나 운비에게 부담이 될까 싶어 돌고 돌아온 그였다.

"좋습니다."

운비가 거침없이 대답했다.

"경쟁자가 한둘이 아닐 텐데도?"

"재팬에서 온 토모 말입니까, 아니면 베네수엘라에서 온 킹 실바 말입니까? 그것도 아니면 블레어? 그들 말고도 유망주 랭킹에 들어간 투수들이 많이 있죠?"

운비가 웃었다. 어떻게 보면 백전노장 같은 말투였다.

"젠장, 전혀 긴장하는 눈치가 아니군."

"그게 황의 장점 아닙니까? 철가면이라는 닉네임처럼."

메켄지도 잔을 놓고 대화에 끼어들었다.

"카브레라와 블레어에 토모 마에다, 킹 실바… 거기에 초청 선수로 온 대만 유망주 궈웨이룽도 있어. 유망주 투수 뎁스는 대만의 킹카스테라처럼 두툼한 편이지. 덕분에 우리 팀이 팜 랭킹에서 1위에 등극할 정도였으니까."

"1위였어요?"

운비가 고개를 들었다.

"몰랐어?"

메켄지가 통역 월리 윤을 바라보았다.

"그게… 코치님이 말씀하지 말라고 하셔서……. 미안."

월리 윤이 어깨를 으쓱해 보였다. 운비는 개의치 않았다. 팜 랭킹은 MLB.com 소속 유망주 전문 칼럼니스트인 로버트 칼린이 조나단 리온, 마이크 덴터와 함께 스카우트 등을 통해 얻은 정보를 취합해 결과를 공개하는 것.

여기서 브레이브스는 양키스를 제치고 1위에 올랐다. 트레이드를 통해 끊임없이 유망주를 확보한 브레이브스의 노력도 노력이지만 운비와 리베라, 블레어 등의 비중이 컸다.

냉정히 말하면 운비보다는 블레어와 리베라 등이 주목을 받았다. 운비보다 더 많은 게임을 뛴 리베라이다. 게다가 마이너리그의 성적도 좋았으니 스완슨과 더불어 2017년 신인왕 후보까지 된 몸이다.

"1, 2, 3선발은 마이크 콜론과 맥 딕키, 맥스 가르시아, 아론 카브레라 등이 유력해. 결국 4, 5선발 자리를 놓고 낙점을 받아야 해."

보젤은 남은 잔을 다 비워내고 말을 이었다.

"내가 보기엔 토모와 실바, 블레어가 가장 강력한 경쟁자야. 카브레라는 클로저로 나갈 예정이고 토모는 사실 5선발이 아니라 3, 4선발을 노리고 있지."

'토모……'

운비 뇌리에 일본에서 온 영건이 스쳐갔다. 스프링캠프 합류가 결정되면서 운비는 본격적으로 팀 구성원들을 살펴보았다. 그때 처음으로 눈에 띈 게 토모였다. 아무래도 동양인이기 때문이다.

영건 토모.

운비처럼 좌완이었다. 189㎝의 신장에 종으로 크게 변하는 투심과 각이 다른 두 개의 슬라이더를 주 무기로 삼는 투수. 때로는 100㎞/h의 느리지만 크게 휘는 커브까지 구사했다.

재작년 카디널스에 입단, 작년 시즌이 끝난 후 이적한 선수로 투수력이 약한 브레이브스에서 선발 자원을 염두에 두고 영입한 영건이다.

실바 또한 마음에 남았다. 베네수엘라 출신의 그는 마이너리그에서 콜업되었다. 묵직한 직구와 타자 앞에서 툭 떨어지는 포크볼이 주 무기이다. 지난 시즌 선발로 아홉 게임을 뛰었지만 어깨 부상 후에 재기를 노리는 입단 4년 차 선수였다.

킹 실바.

궈웨이룽.

데릭 프리드.

마에다 토모.

세자르 블레어.

글레이버 투산.

운비와 같은 꿈을 꾸는 투수들이다.

"열심히 하겠습니다."

운비는 한마디로 답했다.

'투수는 마운드 위에서 말한다.'

태평양 건너 박 감독의 말은 여전히 운비의 가슴속에 남아 있다. 리베라에 비해 베일에 감춰진 운비이다. 마이너리그에서의 성적 자체는 별 볼일 없었다. 어쩌면 선발을 노리는 다른 투수들 입장에서는 팀의 비즈니스로 비춰질 수도 있었다.

엘리트 육성 BFP 프로그램.

이제는 각 구단에 다 알려졌을 일. 그러니 꼭꼭 묻어둘 수도 없는 일이었다.

"아무튼 행운을 비네. 스프링캠프가 황의 길을 정하게 될 거야. 메이저리거가 되느냐, 마이너리거가 되느냐, 아니면……."

보따리를 싸느냐?

생략된 뒷말은 아무래도 그것일 것 같았다.

"자네 생각은 어떤가?"

스칼렛이 보젤을 보며 말했다.

"저야 물론 황이 메이저에서 펄펄 날기를……."

"저도 그렇습니다."

메켄지도 손을 들었다.

"황은?"

"물론……."

"우리 윌리 윤은?"

마지막으로 윌리 윤까지 점검하는 스칼렛.

"저도 물론……."

"우리 다 같은 마음이군. 그렇다면 즐기면 될 일 같은데?"

스칼렛이 콜라 잔을 흔들었다. 여전히 푸근한 표정이다. 스칼렛이 스카우터 인생을 마무리하는 작품으로 고른 운비. 운비 역시 밝은 표정으로 미팅을 끝냈다.

*　　　*　　　*

침대에 앉아 노트북을 켰다.

'스프링캠프…….'

거기서 운명의 등판을 하게 될 운비이다.

40인 로스터.

일단 첫 단추는 꿴 셈이다. 하지만 그건 시작일 뿐이다. 시범 경기에는 40명의 선수만 참가하는 게 아니다. 구단마

다 초청 신수가 있기 때문에 50명이 될 수도, 60명이 될 수
도 있었다.

덕분에 구장 클럽하우스가 도떼기시장이 된다는 말을 윌리
윤에게 들은 운비였다.

'클럽하우스……'

생각만 해도 입이 헤벌쭉 벌어진다. 유명한 선수들은 자기
마음에 드는 라커를 고를 수 있다고 한다. 옆자리를 비워달라
고 할 수도 있단다.

'나는 아예 한 서너 자리 비워달래서 막 뒹굴어?'

흐뭇한 미소를 머금으며 자료를 넘겨 보았다. 코치에게 부
탁해서 구한 자료이다. 운비의 몸은 거의 세팅이 되었다. 내일
등판하라고 해도 큰 문제가 없었다. 하지만 그건 운비만의 일
이 아니었다.

누구든 준비는 되어 있다. 그렇기에 시범 경기가 시작되기
만 하면 거의 전력투구에 나선다.

하지만 서둘러서는 안 된다. 신인들은 그런 자기 관리와 커
리어가 부족하기에 한두 게임 반짝하고 마이너로 돌아가는
경우가 다반사이고 심하면 부상까지 입었다.

상대하게 될 팀들의 면면을 살펴보았다. 제일 먼저 양키스
가 눈에 띄었다. 당연히 그랬다. 어떻게 그 이름을 잊을까?

개인적인 기억을 떠나서도 미국 야구의 상징으로도 불리는

양키스. 그러나 20여 년 전에는 브레이브스의 명성도 그에 못지않았다. 그 20년이 두 팀의 운명을 갈라놓았다.

나머지는 메츠와 타이거스, 트윈스와 말린즈, 레드삭스, 블루제이스.

이름만 들어도 현기증이 나는 팀들이다. 적어도 지난해 많은 팀이 브레이브스보다 성적이 좋았다. 지난 시즌, 브레이브스는 개막전부터 9연패를 당한 이후 단 하루도 최하위에서 벗어나지 못했다. 하지만 무기력하던 전반기에 비해 후반기엔 긍정적인 요소들을 찾을 수 있었다는 게 위안이었다.

'흐음, 소야고도 꼴찌였으니……'

그건 면역이 되었다. 꼴찌라면 더 이상 잃을 것도 물러설 곳도 없다. 각 팀의 무시무시한 대표 타자들 얼굴이 나왔다. 그들의 타율과 각종 기록도 나왔다. 사실 새로울 건 없었다. 훈련을 쉬는 날엔 구장에 나가 직접 본 적도 있었다. 공 하나 정도의 실투만 나와도 펑펑 투수를 조져 버리는 모습도 보았다.

우연히 연봉에 눈길이 갔다. 로젤이 슬쩍 끼워 넣은 모양이다.

'이게 동그라미가 몇 개야?'

단위를 세다가 눈이 멈췄다. 그건 아직 부럽지 않았다. 운비가 부러운 숫자는 단 하나였다.

3,000!

RPM 3,000.

언젠가 이런 천문학적인 연봉을 받는 타자들을 만나면 RPM 3,000짜리 포심을 위닝샷으로 안겨주고 싶었다. 보란 듯이 돌려세우고 싶었다. 물론 아직 3,000에 미치지 못하는 운비이다. 그렇지만 이제는 메이저리그의 길목에 도착했다. 그 길을 가게 된다면 어쨌든 넘어야 할 산이 그들이다.

여러 자료 중에 한국 선수들의 근황도 있었다. 역시 꼼꼼하고 세심한 보젤이다. 그가 첫머리에 올린 건 우승환이었다.

첫머리에 나왔다면 액티브 로스터가 확정적인 경우이다. 하긴 그랬다. 지난해 운비는 우승환의 소식으로 머리를 식혔다. 운비가 땀을 흘리는 동안 우승환은 영광의 주인공이었다. 한국인 투수로서 기념비적인 마무리로 거듭난 것이다. 그건 박찬호가 선발로 입지를 다진 것과는 또 다른 경우였다.

다음은 강성호의 소식이다. 그건 별로 좋지 않았다. 실력보다 사고 때문이었다. 뒷장으로 가니 김연수가 나왔다. 박방호도 나오고 황대균도 나왔다.

마지막은 류연진의 자료였다. 운비의 눈이 번쩍였다. 미국에 오기 전, 레전드로 만난 선수가 아닌가? 하지만 그 이후에 류연진의 위상이 변했다. 부상 때문이다. 부상에 발목이 잡혀 2년을 날렸다.

부상에서 재기를 꿈꾸는 류연진도 스프링캠프에 나온다. 예전과는 달리 5선발을 노려야 한다는 멘트가 달려 있다. 그의 경쟁자로 잭 카즈미어와 알렉스 맥카시, 브랜든 우드 등등이 꼽혔다. 이제는 운비와 같은 운명이다.

'푸헐.'

기분이 묘했다. 동시에 설렘 같은 게 커졌다.

"헤이!"

생각이 깊어졌을 때 돌연 방문이 열렸다. 누구겠는가? 운비 방을 제 집처럼 드나들 수 있는 사람. 안 봐도 알 일이다.

"10시 이후엔 내 방에 오지 말랬지?"

운비는 돌아보지도 않았다. 리베라였다. 그의 손에는 콜라와 햄버거가 잔뜩 안겨 있었다. 리베라도 이젠 콜라를 좋아했다.

"그래도 우리끼리 라스트 파티는 해야지."

그가 콜라 잔을 내밀었다. 그건 참을 수 없는 유혹이다. 운비는 노트북을 밀치고 잔을 받아 들었다.

"꼭 살아남아라."

리베라가 햄버거를 운비의 입에 쑤셔 박았다.

"너도!"

운비도 지지 않았다.

"내 걱정은 말도록. 난 우리 패밀리 먹여 살려야 하거든."

리베라가 웃었다. 여동생을 포함해 가족을 끔찍하게도 사랑하는 리베라였다.

"그러면서 혼자 잘도 먹는구나."

"내 배가 불러야 가족도 챙길 수 있으니까. 쩝쩝."

리베라는 두 개째 햄버거의 포장을 깠다.

"가면 포수 션 로커 조심해라. 성질 더럽다고 하더라."

"웬 걱정? 너는 다른 팀인 줄 아냐?"

여전히 띄엄띄엄 하는 둘의 영어. 하지만 처음보다 익숙해져 이제는 어떻게든 의사소통이 가능했다.

"나는 아무도 못 건드린다. 내가 맞이 가면 미친 고양이가 되거든. 야옹! 야옹!"

"헐!"

"우리가 그래도 BFP 첫 주자잖아? 그거 모르냐? 우리 비웃는 선수들도 많다는 거."

"알지. 여기 유망주 아닌 사람 있냐 그거잖아?"

"그 콧대도 콱 뭉개주자."

"오케이!"

리베라가 손을 내밀었다. 그 손을 힘차게 잡았다. 1년을 함께 호흡한 리베라. 정든 훈련장의 마지막 대화는 그렇게 마무리했다.

'아침이 오면…….'

25인 액티브 로스터에 살아남기 위한 시작의 날이 밝을 것이다. 특별히 비장하지는 않았다. 게임기를 베개 옆에 두고 담요를 당겼다.

결국 살아남는 데 필요한 건…….

제구력.

박 감독의 첫 가르침을 상기했다. 메이저 공인구를 잡았다. 불 꺼진 천장은 어제와 다르지 않았다.

300개.

어제처럼, 그제처럼 운비는 허공에 공을 던졌다. 던지고 받기를 반복하다가 잠이 들었다. 공과 게임기는 이 밤에도 운비를 지켰다.

*　　　　*　　　　*

플로리다의 아침.

"황!"

소집장으로 갈 시간, 윌리 윤과 함께 도착한 건 스칼렛이었다. 여전히 멜빵바지에 햄버거를 물고 있다.

"인스턴트는 몸에 안 좋아요."

가방을 멘 운비가 차에 올랐다. 스칼렛과 함께 나란히 뒷좌
석에 앉았다.

"스모킹 파더 잊었어?"

스칼렛이 웃었다. 스모킹 파더는 유머의 하나이다. 어느 컨
트리에 장수 노인이 살았다. 언론이 그를 인터뷰하러 갔다. 장
수의 비결이 무엇입니까? 기자들이 물었다. 금연입니다. 대답
은 심플했다. 그때 안에서 기침 소리가 새어 나왔다. 누구죠?
기자들이 물었다. 우리 아버지입니다. 담배 좀 피우지 말랬더
니 또 담배를……

인스턴트식품 이야기가 나올 때마다 스칼렛이 방어 논리로
내세우는 철 지난 유머이다.

"날씨 좋지?"

도로에 올라서자 스칼렛이 물었다.

"하나도 안 좋은데요?"

운비는 글러브를 꺼내 들었다. 미국으로 건너올 때 박 감독
이 선물한 것이다. 일본 수제품이다. 하지만 일본 사람이 만든
건 아니었다. 박 감독이 직접 일본으로 건너가 명인에게 맡겼
다. 일본 명인에게 배웠지만 지금은 독립한 한국인 3세의 작품
이었다. 글러브에는 운비의 이름과 함께 두 개의 이니셜이 있
었다. 게임기의 약자와 박 감독의 약자. 공교롭게도 'BFP'와 비
슷한 'BP'였다.

미국으로 오기 전 운비는 박 감독에게 선물을 안겼다. 튼튼한 중급 SUV였다. 아버지 황금석의 허락을 받았다. 늘 고물차를 타고 다니던 박 감독. 운비를 지도하고 혹사를 막아준 것에 대한 보답이었다.

나중에 안 일이지만 그는 그 차를 팔았다. 그 돈으로 마련해 온 게 이 글러브였다. 그걸 알았을 때 처음으로 운비는 목이 콱 막혔다.

조금 남은 돈은 형편이 어려운 선수 한 명의 대학 등록금에 보탰단다. 그것도 운비의 이름으로. 박 감독은 그런 사람이었다.

'감독님⋯⋯.'

어젯밤 통화를 했다.

처음처럼.

감독이 해준 말은 그 한마디였다. 맨 처음 배구에서 전향할 때 보여준 그 무데뽀의 기백. 그걸 살려 나가라고 했다.

무데뽀.

그땐 정말 그랬다.

생각만 해도 웃음이 나오는 그때.

"흐음, 빅 유닛께서 긴장?"

"천만에요. 긴장하는 건 스칼렛이라고요."

"그런가? 나야 늙어서 그런 거고."

"콜라나 주세요."

운비가 손을 내밀었다. 스칼렛은 군말 없이 콜라를 건네주었다.

"뭐 하실 말 있죠?"

운비가 대신 운을 떼었다. 이제는 스칼렛에 대해 너무나 잘 아는 운비였다. 때로는 할아버지처럼, 또 때로는 친구 같은 그였다.

"흐음, 투수들은 역시 섬세해."

"뭐가 섬세해요? 스칼렛 얼굴에 다 쓰여 있는데."

"언제 한국에 가면 성형 좀 하고 와야겠군. 성형은 그쪽이 가성비가 좋지."

"푸웃!"

"황은 그 마인드가 참 멋져. 그것 때문에 내가 반하기도 했지만."

"진짜요? 내 친구들은 성질 더럽다고 하는데."

"황의 커터 말이야."

냅킨으로 입을 닦은 스칼렛이 비로소 운비를 돌아보았다.

"……."

"혹시 그런 생각해 봤어? 양키스의 리베라가 클로저가 아니고 선발형 투수라면?"

여기서 윌리 윤의 통역이 붙어왔다. 문장이 길어지거나 어려운 단어가 붙으면 알아듣기 어렵다.

영어는 어쩌면 새 구종을 장착하는 것만큼이나 어려워 보였다.

"……."

운비의 눈빛이 살짝 경직되었다. 보젤 등의 트레이너들도 한 말이다.

"그 친구는 레전드가 확실하지. 하지만 나는 가끔 그런 생각을 했어. 리베라가 선발이었다면 언터처블로 불리는 커터와 포심 조합의 방어율도 결국은 2점대나 3점대로 올라갔을 거라고."

"……."

"한국도 그렇겠지만 메이저 타자들은 타석에서 진화하거든. 클로저는 단 한 번밖에 상대하지 못하지만 선발은 적게는 두 번, 많게는 네 번까지 타자를 상대할 수 있지. 그러니 BFP에 너무 얽매이지 말라는 거야. 내 말 언더스탠드?"

"마운드에서 스스로 진화하라는 거잖아요?"

운비는 대꾸는 태연했다.

"오케이, 바로 그거야. 투수야말로 진정한 아티스트지. 캔버스 위에 자신의 개성을 마음껏 발휘하는 아티스트. 그래서 말인데……."

"기죽지 말라고요?"

"기죽을 황은 아니지. 내가 왜 자네를 적극 추천했게? 사실 당시 재목만으로 본다면 도미니카와 베네수엘라에도 황 못지 않은 재원들이 있었네. 어떤 친구는 162km/h까지 쏴대고 있었거든."

"스칼렛의 취향이야 독특하시니까."

"황의 마인드도 독특하지. 얻어맞아도 고개 떨구지 않는 스무 살은 지구상에서 아주 드문 인종이거든."

"마운드가 눈물 질질 짜는 장소는 아니잖아요. 다음에 잘 던지면 되는 거지."

"맞았어. 제아무리 레전드라고 해도 방어율 제로는 없고 제아무리 신이 내린 타자라고 해도 타율 10할은 없지. 내가 말하고 싶은 게 그거야."

"Water under the bridge. 귀에 못이 박혔어요."

"늙으면 괜한 걱정을 다 하게 된다니까. 아무튼 황에게 부족한 건 오직 경험뿐. 하지만 지나친 경험은 오히려 독이 되기도 하니까 겁 없이 충돌해 보라고. 내가 황을 처음 본 그때처럼."

"그 말 하려고 오신 거예요?"

"솔직히 말하면 늙으면 할 일이 없기도 하고……."

스칼렛이 어깨를 으쓱해 보였다. 그사이에 목적지가 가까워졌다. 여기저기에 선수들이 눈에 들어오기 시작했다.

'드디어 시작인가?'

운비는 글러브를 챙겼다. 그런 다음 게임기에 키스를 남기고 차에서 내렸다.

스프링캠프.

말로만 듣던 그 캠프의 땅 플로리다. 여기저기에 팬들이 보인다. 그들은 자기의 우상을 찾아가 야구공이나 배트, 사진 등을 내밀었다. 사인을 받으려는 것이다.

"행운을 비네."

입구에서 스칼렛이 손을 내밀었다. 운비는 그 손을 꼭 잡아주었다.

"행운이 아니라 실력으로 살아남으라면서요?"

"그렇군."

"미국까지 저를, 또 여기까지 저를… 이 다음부터는 제가 스칼렛을 모시고 다니겠습니다."

"기대하지."

스칼렛이 웃었다. 하얀 수염이 나풀나풀 흔들리며 그의 미소를 더 푸근하게 만들고 있다.

스프링캠프가 끝날 때까지 아예 보따리를 싸 들고 플로리다로 날아온 스칼렛이다.

이제부터가 진정한 시작이다.

황운비,

지상 과제가 떨어졌다.

살아남아라.

어떻게든.

3. 준비된 자만이 기회를 얻는다

"……!"

투수조의 미팅 룸. 그 안에 들어선 운비의 눈이 번쩍 뜨였다. 거긴 글로벌 세계였다. 온갖 인종이 모인 듯 다양한 인종의 투수와 포수들. 구장에서, 혹은 클럽하우스 체험 때 보기는 했지만 이렇게 한꺼번에 만나니 소감이 달랐다.

운비의 시선을 끈 건 브레이브스의 주축 투수로 불리는 마이크 콜론과 맥 딕키, 리오 폴티뉴위츠 등이다. 아메리칸 리그에서 트윈즈가 최악의 선발진이라면 내셔널에서는 브레이브스. 그나마 그 중심을 잡아준 투수들이다. 원래 브래든 테혜

란까지 포함해야 하지만 그는 보이지 않았다. 그는 자국 대표로 WBC에 참가 중이었다.

다음으로는 아만도 크롤과 아론 카브레라, 루카스로 이들도 2017 시즌의 기대주들. 특히 카브레라는 최고 구속 165㎞/h까지 뿌리는 무시무시한 강속구 투수의 상징으로 '우완 채프먼'으로도 불리고 있다.

이따금 경기장이나 중계방송으로 보았던 선수들. 한자리에 모이고 보니 굉장했다.

브레이브스.

그러고 보니 원투 펀치의 위엄은 '많이' 떨어지지만 나머지 투수층의 투수 뎁스는 만만치 않아 보였다.

그다음은 토모와 실바, 그리고 궈웨이룽 등의 유망주가 줄을 이었다.

"헤이!"

운비는 실바에게 인사를 하고 그 옆에 자리를 잡았다.

"이야, 다들 왔구만."

감독 스니커가 들어왔다. 옆에는 투수 코치 헤밍톤과 캐처 코치가 그를 보좌하고 있다.

"올해 우리 목표는 포스트 시즌 진출이다!"

스니커가 잘라 말했다.

윌리 윤을 통해서도 들은 말이다.

브레이브스.

이전 홈구장에서의 20년은 영광과 굴욕이 교차하는 순간이다. 매덕스와 스몰츠를 비롯하여 4명의 명예의 전당 헌액자가 나와 구단을 빛냈고, 지구 우승도 아홉 차례, 포스트 시즌 진출은 무려 열두 번이다. 한마디로 1990년대에는 무적의 팀이었다.

그 영광의 기간 동안 월드시리즈 진출은 1999년 단 한 번뿐. 그마저도 양키스에게 4연패를 당하며 준우승에 머물렀다. 그러면서 '가을 새가슴팀'이라는 불명예스러운 별명도 함께 얻었다.

그 구장에서의 마지막 시즌인 지난해, 개막전 이후 연패에 연패를 거듭하며 악몽의 끝판까지 내달렸다. 그래서 브레이브스는 더욱 홈구장에서의 새 시즌을 기대하고 있었다.

새 홈구장으로 옮겨 분위기 반전을 꾀한 팀은 많았다. 대표 주자 역시 양키스였다. 2009년 새 구장으로 옮긴 양키스는 전년도의 포스트 시즌 진출 실패를 딛고 마침내 월드시리즈 우승컵을 안았다. 이 반전을 위해 양키스는 FA 최대어로 불리는 타자 조셉 테세이라와 투수 아론 사바시아, 루크 버넷을 무려 4억 2,300여 만 달러를 들여 품에 안았다. 덕분에 악의 제국이라고도 불렸지만 분위기 반전만은 확실했다.

2006년의 카디널스 또한 동일 선상이다. 새 스타디움으로 홈구장을 옮긴 카디날스. 내셔널리그 챔피언시리즈의 탈락을 딛고 마침내 월드시리즈 우승 반지를 끼게 된 것.

그렇다면 브레이브스도 못할 게 없었다. 양키스와는 반대편으로 걸었지만 투자는 많았다. 바로 리빌딩이다. 리그 최고의 팜을 보유하고 있지 않은가?

"포스트 시즌 진출."

스니커가 한 번 더 강조했다.

"예스!"

투수와 포수들이 합창으로 화답했다. 신구(新舊)가 섞였지만 분위기는 좋았다.

프런트에서 나온 여직원이 훈련 계획에 대해 브리핑을 했다. 셔츠의 팔목을 걷어붙인 그녀는 에너지가 넘쳤다. 다들 자연스러운 분위기 속에서 들었다. 운비 역시 그랬다. 덩치로는 누구에게도 꿀리지 않는 빅 유닛이다.

투수조는 세 개 조로 나뉘었다.

선발조.

불펜조.

루키조.

그렇게 분류해도 10여 명씩이나 되었다. 초청 선수들 때문이다. 운비는 루키조에 들었다. 대만의 신예 궈웨이룽과 함께였다. 하지만 토모는 선발조에 들었다. 운비를 돌아보며 가는 그의 눈빛에는 자부심이 강철처럼 단단했다.

촌놈.

토모의 눈빛 속에 담긴 언어이다.

포수들이 먼저 몸을 풀었다. 그 뒤로 투수들도 스트레칭에 들어갔다. 푸른 잔디는 부드러운 융단처럼 운비의 몸을 받아 주었다.

투수들은 놀라웠다. 다들 한 덩치 하지만 저 유연함이라 니…… 불펜을 맡고 있는 타이러 크롤과 제이스 카브레라는 마치 요가를 하는 것만 같았다. 그사이 건너편 선발조들은 둥 그렇게 모여서 뭔가를 숙의하고 있었다.

제일 먼저 눈에 들어오는 건 역시 토모였다. 의식하지 않으 려 해도 어쩔 수 없었다. 동양인이기에 그냥 서 있기만 해도 바로 눈에 띄었다. 다음은 마이크 콜론이다. 브레이브스의 최 고령 투수인 그는 스칼렛의 젊은 날처럼 푸근해 보였다. 한마 디로 동네 아재 스타일?

첫날 연습은 가벼운 러닝과 캐치볼 후에 끝났다.

"헤이!"

연습 종료 후에 헤밍톤이 운비를 불렀다.

"예, 코치님."

운비가 한달음에 달려갔다.

"캐치볼을 더 하도록."

"예?"

"더!"

헤밍톤은 두 번 말하지 않았다.

다시 글러브를 꺼내 들었다. 땡큐. 웃어버렸다. 사실 몸이 시원하게 풀리지 않은 상태였다.

"뭐지?"

윌리 윤이 신경을 곤두세웠다.

"왜?"

나이는 윌리 윤이 형이지만 형이라는 존칭어 외에는 친하게 말하는 운비.

"너만 시키니까……."

"쟤들은 쟤들이고 나는 나잖아."

"그건 그렇지만… 기분 안 좋은데?"

"형, 배고프겠다."

"왜?"

"신경 쓸 일 많아서."

"야, 너 이제 정글에 들어온 거야. 다른 투수들 전부 다 네 경쟁자라고. 그런데 너만 더 시키면 실력 부족으로 봤다는 거 아냐?"

"형, 내 히스토리 몰라? 소야고."

"찌질이 취급받아도 묵묵히 마이 웨이?"

"응."

"오케이. 내가 오버했다. 연습해라."

"오케이. 어디 가서 편히 쉬고 있어."

윤비가 윌리 윤의 등을 밀었다.

말한 대로 묵묵하게 캐치볼을 했다. 비거리를 늘리며 투구를 늘렸다. 이유는 궁금하지 않았다. 연습이다. 연습이라면 딱히 마다할 이유가 없었다.

보이지 않는 경쟁. 그게 시작되었다. 그렇다고 일상까지 치열한 건 아니었다. 윤비는 투수들과 어울려 탁구도 치고 당구도 쳤다. 몇몇 사람만 대하던 프로그램 시절보다 나았다.

수비 훈련 때도 윤비는 '과외'를 했다. 메이저리그 투수들은 스프링캠프 때 가장 많은 수비 훈련을 한다. PFP(Pitchers' Fielding Practice)로 불리는 이 훈련은 게임 중 투수에게 일어날 있는 각종 수비 상황에 대한 대비책이다. 번트 타구, 투수 앞 땅볼, 주자 견제, 베이스 커버, 더블플레이 처리 등을 포괄한다. 윤비는 딜리버리가 좋아 수비에는 큰 문제가 없었다. 그럼에도 훈련 종료 후에 추가 훈련을 지명받았다. 그 또한 웃으면서 수용했다. 브레이브스 투수진의 디펜시브 런 세이브(DRS)는 그리 좋지 않았다. 윤비는 거기에 덤이 되고 싶은 생각이 없었다.

디펜시브 런 세이브의 최고 수비력을 자랑하는 투수는 제임스 벌리다. 통산 디펜시브 런 세이브 +88을 자랑하고 있다. 훈련으로 그런 선수가 될 수 있다면 땡큐일 뿐이다.

나를 굴려주세요.

운비는 상황을 즐겼다.

그리고 마침내 전체 라이브피칭이 시작되었다.

그 시작은 토모였다. 루키조보다 하루 먼저 라이브피칭에 들어간 선발조였다. 토모는 좋은 평가를 받았다. 순간 파워가 좋아 홈런 기대를 받는 워커와 스완슨을 상대로 한 라이브피칭에서도 꿀리지 않았다고 한다. 최고 구속은 151㎞/h를 찍었다. 아직 시범 경기 개막까지 일주일. 당장 등판해도 문제가 없는 몸 상태였다.

"들었냐?"

며칠 사이에 친해진 귀웨이룽이 운비에게 다가왔다. 둘 역시 띄엄띄엄 영어로 의사를 소통했다.

"뭘요?"

"선발조 토모 말이야. 방방 날고 있다는데?"

"잘하니까 선발조에 들어간 거 아닌가요?"

"콜론보다도 몸 상태가 좋다고 하더라. 어쩌면 시범 경기 첫 게임인 블루제이스전에 낙점될 것 같다고 하던데."

"형도 바로 콜업될 거예요."

"으음, 말이라도 고맙다, 코리안."

귀웨이룽은 운비의 어깨를 쳐주고 돌아섰다. 운비보다 세 살이 많은 귀웨이룽. 독립 리그에서 뛰다가 초청을 받았다. 어떻게든 기회를 잡고 싶은 건 그라고 운비보다 덜하지 않았다.

펑!

빠악!

라이브피칭이 시작되자 연습장이 요란스러워졌다. 분석관들과 코치들의 눈빛은 여전하지만 투수들이 변했다. 라이브피칭은 실전 피칭에 앞선 마지막 과정이다. 타석에 타자들이 들어섰다. 그대로 보기만 하는 경우도 있지만 타격을 하기도 한다. 무엇보다 투수는 자신의 구종에 대해 미리 공개해야 한다.

투수가 몇 명 바뀌자 실바의 차례가 되었다. 실바는 점퍼를 벗고 마운드로 올라갔다. 고개를 돌리니 윌리 윤이 보인다. 선글라스를 쓴 그는 운비보다 긴장된 표정으로 투수들을 주목하고 있었다.

빽!

초구부터 강력했다. 강철 공이 날아오는 듯 묵직한 직구로 시선을 후려잡은 실바. 타격 포인트 앞에서 툭 떨어지는 포크볼로 타자의 타이밍을 뺏었다.

타자가 바뀌었다. 외야수를 맡은 매트 마카키스에 이어 닉 필립스가 들어섰다. 지난 시즌 0.291을 친 준수한 타자. 포크볼을 잡으러 스윙을 했지만 실바가 이겼다. 실바의 컨디션은 무난해 보였다. 하지만 마무리는 좋지 않았다. 30여 구의 공을 뿌린 실바. 마지막에 들어선 리오 스완슨에게 홈런을 맞고 말았다. 스완슨은 지난해 0.302의 타율을 치며 올해 강력한 내셔널리그 신인왕에도 꼽히는 타자. 가운데로 쏠린 포크볼을 놓치지 않았다.

"씁!"

실바가 입맛을 다시며 마운드에서 내려왔다. 분석관들의 노트북은 여전히 분주했다. 어쩌면 실바의 쓴웃음까지 체크되고 있는지도 모른다.

"운비야, 파이팅!"

운비의 차례가 되자 월리 윤이 손을 흔들었다.

"Do your best."

궈웨이룽의 응원까지 등에 업고 마운드로 향했다.

마운드, 수없는 감정과 상황 속에서 밟았던 곳. 다이아몬드 한가운데 대략 10인치 높이로 흙을 쌓아놓은 곳. 어떻게 보면 그저 봉긋 솟은 흙 두덩에 불과하지만 저기에서 셀 수도 없는 좌절과 환호가 생성되었다.

"헤이."

운비에게 공이 날아왔다. 공손히 공을 받았다. 이제는 손에 익은 메이저 공인구. 붉은 실밥을 보며 가만히 마법을 걸었다.

'시작해 볼까?'

그래.

공이 대답했다.

타석에는 워커가 들어서 있다. 아놀드 프리맨, 리오 스완슨 등과 함께 브레이브스의 타선을 이끌 핵심 타자. 이전 시즌에도 3할을 넘기는 타율로 물방망이 브레이브스의 체면을 살려 준 선수. 한마디로 거포였다.

"던져!"

포수로 들어앉은 앤서니 스즈키의 사인이 날아왔다. 운비의 눈이 미트를 겨누었다. 구종은 변함없이 포심과 커터. 그리고 간간이 체인지업. 이미 타석에 선 워커도 구종에 대해 통보를 받았을 것이다.

1구를 뿌렸다.

포심이었다. 구속은 146km/h를 찍었다. 워커는 배트를 휘두르지 않았다. 그저 공을 노려보기만 할 뿐.

2구도 포심이었다. 1구는 스즈키의 요구에서 공이 두 개쯤 빠졌지만 2구는 거의 공 반 개 차이로 꽂혔다. 3구는 벌컨 체인지업을 던졌다. 중지와 약지에서 긁히는 느낌이 나쁘지 않았다.

"커터!"

스즈키가 소리쳤다. 운비의 세컨드 피치. 그러나 퍼스트 피치로도 불리는 커터가 궁금한 모양이다. 운비는 고개를 끄덕이고 그립을 쥐었다.

'1,500……'

방금 전 들어간 공의 회전수가 그랬다. 아마 1,530쯤 되었을 것이다. 운비는 이제 자신의 공이 몇 회전을 한다는 것도 알 수 있었다.

왜냐고?

지난 일 년간 피땀을 흘려가며 반복한 훈련의 결실이니까.

부욱!

운비의 팔이 허공을 긁었다. 짧은 스윙과 함께 공이 날아갔다.

뻐억!

미트에 빨려드는 소리가 좋았다. 공은 홈 플레이트 직전에서 좋으로 휘며 워커의 가슴 쪽으로 압박해 갔다. 스트라이크존이 넓은 메이저리그이니 존에 걸친 게 맞았다.

"원 모어."

스즈키가 같은 코스에 미트를 들이댔다. 운비가 따랐다. 이번에는 공 반 개가 낮은 궤적이었다. 그때, 헤밍톤이 두 번 박수를 쳤다.

짝짝!

타자에게 보내는 신호였다. 스윙을 두 번 한 워커가 방망이를 고쳐 잡았다. 타격을 하겠다는 의미이다.

"원 모어!"

한 번 더 스즈키의 외침이 날아왔다.

'타격……'

운비는 숨을 들이마신 채 바로 기대에 부응해 주었다. 존 조율이 끝났으니 굳이 뜸 들일 필요가 없었다.

부욱!

공이 날아갔다.

후웅!

워커의 방망이가 돌았다.

뻐억.

미트 소리가 울려 퍼졌다. 운비는 공을 던진 자세로 포수를 보고 있었다. 작심하고 돌아간 워커의 방망이가 헛돌았다. 포심처럼 날아오다 타석 코앞에서 변한 것이다. 그 거리는 불과 1.5미터 앞. 찰나의 순간이었다.

"하나 더."

이번 주문은 타자의 입에서 나왔다. 운비는 친절하게도 같은 코스에 꽂아주었다.

빠악!

맞았다. 그러나 소리와 함께 공은 포수 뒤편으로 넘어가 버렸다. 운비 앞으로는 동강난 배트가 굴러왔다. 운비는 그 전리품을 주워 옆으로 던져놓았다. 루키들의 시선이 곤두서는 게 보였다. 데릭 프리드도 그랬고 글레이버 투산도 그랬다. 물론 실바는 말할 것도 없었다.

숨을 돌리는 사이 스완슨이 타석에 들어섰다.

홍 홍!

배트 돌리는 소리가 허리케인을 닮았다. 지난해 겁 없이 펄펄 날던 신인(?)이자 올해의 내셔널리그 신인왕상 물망에 오른 타자. 간만의 신인왕 후보를 위해 브레이브스는 그의 타석을 조절해 주는 배려도 아끼지 않았다.

투수조도 이따금 입에 올리던 그 타자이다.

기분이 좋아졌다. 두려움 따위는 없었다. 만년 꼴찌 소야고에서 단련된 마인드는 여기서도 변하지 않았다. 기왕이면 얻어맞더라도 찌질한 타자보다 정상급 타자들이 좋은 운비였다.

못하면 죽을 것이오, 잘하면 살 것이다.

운비보다는 세 살 많은 스완슨. 하지만 리그 2년 차는 갓 입대한 신병 눈에 보이는 병장만큼이나 노련해 보였다.

"커터!"

이번에도 주문은 같았다. 운비의 커터에 대해 모든 것을 알아내고야 말겠다는 의지로도 보였다. 공 세 개기 날아갔다. 다 커터였다. 스즈키는 각각 다른 코스를 원했다. 하나는 너무 낮았지만 공 두 개는 미트에 넣어주었다.

공을 지켜본 스완슨이 자세를 가다듬었다. 워커처럼 신호를 보내는 것이다.

이번에는 칠 것이다.

그러니 정신 차려, 이 초땡이 루키!

부욱.

스완슨의 배트가 돌았다.

빠악!

소리의 여운이 길게 남았다. 이번에도 스완슨의 배트가 작살이 났다. 하지만 공은 운비의 키를 넘고 있었다. 멀리 가지는 못했다. 정상적인 수비라면 유격수가 처리했을 공이다.

"그만."

헤밍톤의 지시가 떨어졌다. 스완슨이 손을 들어 운비에게 인사를 건넸다.

공 좋은데?

그런 의미였다.

"우와! 굉장하네!"

대기석으로 나오자 실바가 주먹을 내밀었다. 응수해 주었다.

"넘버원."

프리드와 투산도 엄지를 세워주었다. 우쭐한 건 아니지만 기분이 나쁘지는 않았다. 아쉬운 점은 구속을 만족스레 높이지 못했다는 것. 긴장하지 않으려 했지만 그건 마음뿐인 모양이다. 그렇게 훈련을 했건만 근육은 마음과 조금 달랐다.

"잘했어."

윌리 윤도 좋아했다. 물론 대미는 스칼렛의 몫이었다.

"첫 라이브 치곤 나쁘지 않았다."

스칼렛은 어깨를 으쓱하는 것으로 소감을 전해왔다. 타자들의 몸이 풀리지 않았다는 의미이다. 그건 운비도 인정했다. 메이저에서 핑계나 이유 같은 건 필요가 없었다. 맞으면 맞은 것이다.

"다음에는 좀 더 분발하죠."

운비표 능청으로 받아쳤다. 실제로도 그럴 생각이다.

뻥!

뻥!

프리드와 투산의 공도 굉장했다. 아깝게 유망주 랭킹 100위 안에 들지 못한 선수들. 하지만 여기서는 랭킹 같은 건 소용이 없었다. 그 랭킹은 오직 시범 경기에서 각자의 공이 정해줄 일이었다.

라이브피칭 훈련이 종료되었다. 운비는 구장 정리를 도왔다. 이건 BFP 시스템에서도 하던 일이다. 정리를 맡은 직원이 따로 있었지만 돕는 것도 나쁘지 않았다.

"헤이, 황."

누군가 운비를 불렀다. 돌아보니 포수 션 로커이다.

"부르셨습니까?"

운비가 돌아보았다.

"이거 내 숙소에 갖다 둬."

그가 장비 가방을 운비 발밑에 던져놓았다.

"저는 지금 구장 정리 때문에 바쁜데요."

운비는 그 말을 따르지 않았다. 따를 이유도 없었다.

"뭐야?"

로커가 눈을 부라릴 때 스즈키가 다가왔다. 로커는 운비를 노려본 후 가방을 챙겨 들고 가버렸다.

"무슨 일 있나?"

스즈키가 물었다.

"아닙니다. 정리하느라 수고한다고……."

"저 친구가?"

"예."

"흐음, 해가 서쪽에서 뜨겠군. 짜증이 심한 친구가 말이야."

"……."

스즈키의 목소리는 로커와 달랐다. 2009년을 필두로 세 시즌 동안 매년 10개 이상의 홈런도 쳐댄 포수. 서른을 넘긴 노련함에 더한 까무잡잡한 피부와 짧은 수염. 그래도 동양인이라는 특성은 그대로 드러난 얼굴이다.

"콜라 마니아라고?"

"예."

대화하는 사이에 저만치서 윌리 윤이 손짓해 왔다. 필요하면 부르라는 얘기이다.

"수고했으니 한잔 때릴까?"

"사주시는 건가요?"

"물론이지."

가까운 테이블에 자리를 잡았다. 그러자 스즈키가 콜라를 가져왔다. 두 잔이 아니었다. 운비가 고개를 들자 저만치서 다른 투수들이 다가왔다. 블레어와 카브레라, 실바와 궈웨이룽이다.

"앉아. 한 잔씩 마시자고."

스즈키가 선수들을 바라보았다. 궈웨이룽이 다른 테이블을 당겨 붙였다. 덩치 여섯이 앉으니 테이블 두 개가 꽉 차는 느낌이다. 관록의 포수와 신인 유망주들. 그렇게 앉으니 꼭 어미닭이 병아리를 품은 풍경처럼 보였다.

"어때?"

스즈키가 일동에게 물었다.

"좋습니다."

운비가 먼저 대답했다. 솔직한 마음이다.

"다른 사람들은?"

"저희도 좋습니다."

남은 넷이 이구동성으로 입을 모았다.

"좋은 건 나도 그래. 유망주들이 지천이잖아?"

"고맙습니다."

그 대답도 운비가 했다.

"다들 몸이 근질거리지? 당장 등판하고 싶어서 말이야."

"예!"

운비와 유망주들이 입을 모아 대답했다.

"한숨 죽여."

"예?"

"몸이 근질거릴 때는 부상도 가까이 있는 법. 투수는 말이지, 몸과 마음이 일체를 이루어야 해. 마음이 앞서면 반드시 무리하게 되고, 그건 곧 부상으로 이어지지."

"……."

"특히 너희들이 그렇다. 여기서 잘해야 한다는 강박관념, 기회가 다시 오지 않을지도 모른다는 조바심, 그 또한 투구를 망치는 지름길이야."

"……."

"이 콜라, 무리해서 원샷하게 되면 어떻게 될까?"

"목 터지죠."

궈웨이룽이 웃었다.

"몸이 안 좋은 날은 반모금만 마셔도 목젖에 무리가 간다. 그럴 때는 한 가지 방법밖에 없다. 그저 천천히, 천천히 목을 콜라에 길들이는 거야."

"……."

"오늘 라이브피칭, 다들 좋았다. 아마 코칭스태프가 고민 좀 할 거야. 그걸 즐기라고."

"감사합니다!"

긴장하던 유망주들 얼굴에 어린 긴장이 풀렸다. 이런 날의 포수는 정말 어머니 같았다. 그래서 안방마님이라고 부르는 걸까?

　　　　　　*　　　　　*　　　　　*

딱!

딱!

탁구공이 작은 타격 음을 일으키며 오갔다. 운비는 탁구를 치고 있었다. 2 대 2 게임이다. 운비와 짝을 이룬 건 토모였다. 어쩌다 보니 동서양 대결이 되었다. 상대편에는 카브레라와 블레어가 서 있다. 탁구는 긴장을 풀기에 좋았다. 집중력에도 도움이 되었다.

따악!

블레어의 드라이브가 넘어왔다. 운비가 받아쳤다. 카브레라가 나섰지만 헛스윙이 되었다. 운비와 토모가 한 점을 쌓았다. 토모의 서브가 계속되었다. 토모는 서브가 좋았다. 세로로 변하는 투심처럼.

"퍽킹!"

라켓 사이로 공을 흘린 카브레라가 탁구채를 팽개쳤다. 다혈질인 그는 종종 짜증을 내곤 한다. 하지만 악의는 없다. 그걸 알기에 운비는 크게 개의치 않았다. 하지만 토모는 달랐다.

"헤이, 지금 나한테 그런 거야?"

토모의 눈빛은 시크했다.

"뭐가?"

카브레라가 파뜩 반응했다.

"지니까 그러는 거잖아? 사람 앞에 두고."

"아니, 이깟 탁구공에 짜증도 못 내?"

"매너가 아니지."

"오냐, 재패니스들은 그렇게 매너가 좋냐?"

발끈한 카브레라가 목청을 높였다.

"아, 왜들 이래요?"

운비가 가운데 끼어 다툼을 말렸다. 원래 싸움이란 말리면 더 흥분하는 법. 거칠게 나대던 카브레라의 주먹이 애먼 운비의 턱을 치고 말았다.

"윽!"

운비가 턱을 잡고 물러섰다. 순간 투수 코치들이 들어섰다. 그들은 금세 알았다. 탁구대 앞에서 무슨 일이 일어났는지.

"뭔가?"

헤밍톤이 물었다.

"아무것도……."

토모가 쓴 입맛을 다시며 말했다.

"황!"

헤밍톤의 시선이 운비에게 옮겨왔다. 운비가 턱을 잡고 있었기 때문이다. 카브레라가 긴장하는 게 보였다. 본의는 아니지만 운비를 타격한 범인이다.

"진짜 아무것도 아닙니다. 제가 드라이브를 걸다가 발을 미끄러져 모서리에……."

운비는 자연스레 웃어넘겼다. 헤밍톤은 네 명을 번갈아본 다음에야 힘이 들어간 눈빛을 풀었다.

"토모!"

헤밍톤이 토모를 호명했다.

"예!"

"시범 경기 개막전에 선발로 나간다. 마음의 준비를 하도록."

"……!"

토모의 눈이 번쩍 떠졌다.

"카브레라 너는 매 경기 출격 준비다."

"하핫, 앤 존슨 형님 제치고요?"

"그럼 엔트리에서 빼줄까?"

"아, 아닙니다. 까라면 까야죠."

카브레라는 그답게 호방하게 받아들였다.

"이상. 다음 스케줄은 따로 발표될 거다. 그렇게 알도록."

헤밍톤이 돌아섰다. 운비의 눈빛이 천천히 풀어졌다. 운비와 블레어의 이름은 없었다.

개막 경기는 몰라도 이어지는 타이거스나 카디널스전에는 나갈 수 있을 줄 알았다. 하지만 실망하지 않았다. 아직 시범 경기는 시작도 않고 있었다.

토모는 카브레라를 노려보고 탁구대를 떠났다. 개막전 당첨이라는 위엄을 오만하게 누리며.

"재수 없는 새끼."

카브레라가 그 뒤에 침을 뱉었다. 그리고 운비가 돌아설 때 그가 운비의 어깨를 잡았다. 그는 밴드를 가져다 운비 턱에 붙여주었다. 삐뚤삐뚤하다. 풀 시즌 클로저를 노리는 역할하고는 어울리지 않았다.

"아, 이런 거 익숙하지 않아서 말이지. 아무튼 고맙다."

"뭘요. 놀다 일어난 일인데."

"너, 마음에 든다. 앞으로 잘해보자."

카브레라가 손을 내밀었다. 그 손을 잡았다. 선발 통보 대신 친구(?)를 얻은 운비이다.

저녁 휴식을 마친 운비는 숙소로 돌아왔다. 테이블을 보았다. 타 구단의 자료집이 가득하다. 그 옆에는 테니스공과 야구공이 몇 개 담겨 있다. 초록 테니스공을 잡았다. 왼손으로 공을 쥐었다. 네 손가락에 힘이 들어갔다. 처음에는 엄지와 검지, 중지로 공을 누르던 운비는 벌컨 체인지업을 장착하면서 약지도 쓰게 되었다. 벌컨 체인지업의 그립에 약지가 필요하기 때문이다.

얼마나 눌렀을까?

터뜨린 공이 셀 수도 없다. 테니스공이 터지냐고? 그 질문을 받으면 세형이 생각이 나는 운비이다. 지금은 한화 2군 안방을 차지한 녀석. 처음으로 테니스공을 터뜨렸을 때 기절할 듯 놀랐기 때문이다.

"뻥이지? 그거 펑크 내서 가져온 거지?"

그때 한없이 눈을 부라리던 세형. 문득 그 눈이 그리워졌다.

'잘 있을까?'

이번에는 공을 공중에 던졌다. 천장에 닿기 직전까지. 거기서 10㎝씩 제구(?)하며 제구력을 키웠다. 제구력은 정말 마법과도 같은 단어였다. 존 조준이 제대로 되는 날은 별 애로가 없었다. 공은 존의 구석구석을 파고든다. 하지만 안 되는 날, 그런 날은 스피드를 줄여도 안 들어갈 때가 있었다. 어쩌다 들어가면 여지없이 담장을 넘어갔다.

'자자!'

공을 놓았다. 아무리 낙천적이라도 운비 역시 사람이다. 더 있다가는 선발에서 빠진 것에 대한 상념이 깊어질 것 같았다. 막 불을 껐을 때다.

똑똑!

노크 소리가 들렸다. 운비가 문을 열었다. 그 앞에 선 건 헤밍톤과 스즈키였다.

"코치님."

"자려고?"

팬츠 차림의 운비를 보고 헤밍톤이 물었다.

"아, 예. 투수에게는 잠도 훈련이라기에……."

운비의 영어가 띄엄띄엄 이어졌다.

"속상해서 자려는 건 아니겠지?"

헤밍톤이 빈 의자를 당겨 앉았다.

"아닙니다."

"아니긴, 자네도 던지고 싶을 텐데. 미치도록."

"……."

"게다가 몸도 다른 투수보다 먼저 올라왔고."

그건 맞았다. 운비만 따로 더해준 피칭 양 때문이다. 그걸 지시한 사람이 헤밍톤이니 모를 리 없었다.

"아까 우리 스즈키 포수가 좋은 말을 하나 해주었다던데 기억하나?"

"공을 던지고 싶어 미칠 것 같을 때는 한숨 죽여라?"

"오, 유아 쏘 스맛."

스즈키가 웃었다.

"하지만 영건들이 한 템포 죽이기는 쉽지 않지."

느긋하게 어깨를 기대는 헤밍톤. 두 사람, 운비를 위로하러 온 걸까? 그것 외에는 달리 생각나는 게 없는 운비이다.

"황, 메이저리그 최고의 팀이 어디라고 생각하나?"

헤밍톤이 자세를 바로 하며 물었다.

"애틀랜타죠."

운비는 서슴없이 답했다.

"이유는?"

"제가 선택했으니까요."

"좋아, 그다음은?"

"양키스라고 생각합니다."

"양키스라……. 지난해 챔피언인 컵스나 레드삭스, 다저스가 아니고?"

"제 생각은 그렇습니다. 지금은 좀 약해졌다지만 전통이 있으니까요."

"흐음, 역시……."

어깨를 으쓱한 헤밍톤이 의자를 밀고 일어섰다.

"엊그제 그 양키스가 WBC 미국 대표팀과 연습게임을 가졌네."

"……."

"양키스가 세 점 차이로 무릎을 꿇었지. 5 대 2로 말이야."

"……."

"모레 우리도 WBC 미국 대표팀과 일정을 잡았네."

'미국 대표팀?'

"황이 나가서 우리 브레이브스 리빌딩의 위력과 BFP 시스템의 실체를 보여줬으면 하네만. 양키스와 간접 비교가 되지 않을까?"

"코치님."

"아마 계투로 나가게 될 거야. 잘하면 45개가량 던지게 될 거고."

'45구…….'

"나는 하트 단장과 스니커 감독의 생각을 전하는 것뿐일세. 만약 마음의 준비가 되지 않았다면 다음 기회에 나가도 좋네."

"아닙니다! 준비되었습니다!"

운비가 소리쳤다.

"하핫, 황은 솔직해서 좋다니까."

"열심히 하겠습니다."

"뭐 미국 대표팀이라고 쫄 건 없네. 게다가 자네 혼자가 아니고… 블레어와 딕키, 카브레라도 함께 출격하게 될 걸세."

카브레라의 이름도 나왔다. 어쩐지 반가운 생각이 들었다.

"그럼 푹 쉬게."

통보를 마친 헤밍톤이 일어섰다.

"혹시 리베라도 선발로 출장하나요?"

운비가 물었다.

"의리파로군. 교체로 투입될 예정으로 들었네만."

문을 열고 나가던 헤밍톤이 웃었다.

탁!

문이 닫혔다.

"야우!"

발소리가 멀어지자 운비는 저 혼자 통렬한 어퍼컷을 날렸다.

그래서였다. 그래서 운비에게만 따로 훈련 양을 늘린 모양이다. 말없이 몸 관리를 해준 것이다. 묵묵히 따른 보람이 있었다.

WBC 미국 대표팀과의 연습 경기.

스프링캠프라고 꼭 시범 경기만 하는 건 아니었다. 각 구단은 형편에 맞는 시합을 할 수 있었다. 미국 대표팀과의 시합 또한 그 일환이다.

미국 대표라는 이름과는 상관없었다. 자신의 공을 시험할 수 있는 좋은 기회.

사실 한국 쪽에서도 운비에게 접촉이 있었다. 몸 상태가 괜찮으면 WBC 대표에 합류해 달라는 요청이었다. 하지만 구단 측에서 난색을 표했다. 이제 막 빅 리그의 여정을 시작하는 운비이다. 한국 대표팀에 합류하면 스프링캠프를 건너뛰어야 한다.

운비는 고사 쪽으로 가닥을 잡았다. 마음이야 태극 마크를 달고 한 힘 보태고 싶었지만 아직은 한눈팔 상황이 아니었다.

WBC 미국 대표팀.

초고액 연봉자들은 별로 참가하지 않는다. 그렇다고 해도 그 수준은 최고 구단을 뛰어넘는다. 노트북을 열고 자료를 보았다.

투수가 먼저 눈에 들어왔다. 레인저스의 앤드류 다이손, 인디언스의 실버 밀러, 애스트로이스의 마크 그레거슨, 내야수는 눈이 돌 징도로 화려했다.

콜로라도의 알렉스 아레나도, 팜 유망주 상위 출신인 다니엘 브레그만, 5툴 플레이어에 가까운 다이아몬드백스의 유격수 브레트 골드슈미트, 올스타 4회에 빛나는 조지 킨슬러, 그는 사이클링 히트까지 기록한 무서운 타자이다.

외야수를 보던 운비는 화면을 닫았다. 다들 존경스러운 선수들이다. 빅 리그에서도 최고로 꼽히는 포지션들. 하지만 지금은 그들의 커리어 앞에서 헤벌레 취해 있을 때가 아니었다.

난생처음으로 상대하게 될 미국 대표팀. 비록 연습 게임이라지만 그들의 타자가 씹던 껌처럼 흐물거릴 리 없었다.

피가 후끈 달아올랐다. 마이너리그의 마운드에 처음 선 날, 맹폭을 맞은 동양의 빅 유닛. 그날 지역신문에 난 기사는 처참 그 자체였다.

'다시는……'

그런 기분은 절대 사양이다.

운비의 눈에 불이 번쩍 들어왔다.

4. WBC 미국 대표팀을 간 보다 I

이틀 후.

스타디움의 분위기는 떠들썩했다. 마치 피 말리는 시즌 순위 쟁탈전이나 해를 달리해 벌어지는 블루제이스나 레드삭스와의 라이벌전을 방불케 하는 장면이었다.

이유는 바로 미국 대표팀 때문이다. 원래 스프링캠프는 팬들이 선수들을 가까이할 수 있는 기회 중의 하나이다. 그렇기에 일부러 스프링캠프를 찾는 팬도 많았다. 그들은 선수 사진이나 티셔츠, 배트와 야구공 등을 가져와 사인을 받았다.

그런데 미국 대표팀이 온다니 금상첨화이다. 유명한 선수들을 한곳에서 볼 수 있는 메리트에 미국을 대표한다는 상징성까지 얹힌 것이다.

그 때문에 브레이브스 선수들은 찬밥이 되었다. 나름 팬을 몰고 다니는 스완슨과 카브레라, 프리드먼도 마찬가지였다. 그들보다는 운비가 나았다. 소수 정예이지만 교민들은 운비를 그냥 넘기지 않았다.

"황운비 선수, 사인해 주세요."

그 반가운 한국말을 어떻게 외면할까?

찰칵!

인증 샷까지 덤으로 찍었다.

클럽하우스는 정말 도떼기시장이 되었다. 출전 선수 외에도 동행한 선수가 많았던 것. 라커를 두 개 쓰는 사람은 과연 있었다. 노장 투수 콜론과 딕키, 션 케마 등이 그 주인공이다.

부러움이 작렬했다. 언젠가는 나도 라커를 두 개 쓸 수 있을까?

"헤이, 황!"

목소리의 주인공은 단장 하트였다. 그가 감독과 함께 클럽하우스에 등장한 것이다.

"컨디션 어때?"

"좋습니다."

"좋았어. 그 패기로 미국 대표팀 방망이에 물 좀 먹여보라고."

"좋죠."

"시원해서 좋군. 쿨해."

단장은 운비의 어깨를 쳐주었다. 그런 다음 고참 선수들과 인사를 나누고 클럽하우스를 나갔다.

"웬일이래? 단장이 다 등장하고?"

리베라가 다가왔다. 한쪽 귀에는 이어폰이 걸려 있다.

"쿠바 국가냐?"

운비가 물었다.

"천만에. 내 주제가다."

"골랐구나?"

"넌? Enter sandman?"

"하핫, 그건 벌써 임자가 있으니 다른 거 골라야지."

"오늘 출장 예정이라고?"

"너도?"

"삼진 세 명만 잡아라."

"그럼 너도 3안타."

"멀티 정도로 안 될까?"

"좋아, 우리가 미국 대표팀에 한 방 먹여보자."

"브레이브스 초대 BFP로서?"

"물론."

운비가 주먹을 내밀었다. 리베라가 자기 주먹을 맞추었다. 그저 닿았을 뿐이지만 뜨겁게 요동치는 가슴. 두 신성의 마음은 벌써 다이아몬드를 누비고 있었다. 그때 헤밍톤이 들어섰다. 함께 온 불펜 투수 코치 옆에는 늘씬한 리포터가 서 있다.

"오, 마침 두 선수가 한자리에 있군요. 행운인데요? 나 리사예요. 마리아 리사."

금발의 리포터가 손을 내밀었다.

"아, 브레이브스 전담 리포터?"

리베라가 먼저 나섰다.

"황은 나를 모르는 눈치네요? 섭섭한데요?"

리사가 슬쩍 조크를 건네왔다.

"죄송합니다. 이제부터 기억할게요, 리사."

운비답게 바로 응수했다.

"브레이브스가 꼭꼭 숨겨둔 리빌딩의 핵, BFP의 두 스타, 오늘 나란히 등장한다면서요?"

"뭘 원하시나요? 홈런 한 방 날려 드릴까요?"

리베라는 거침이 없다. 그의 성격 역시 운비에 못지않은 긍정의 화신이었다.

"황은요? 어떤 레퍼토리로 팬들에게 즐거움을 안길 건가요?"

"리베라가 홈런을 친다면 저도 삼진 세 개 정도는 잡아드

리죠."

"오, 미국 대표팀을 상대로 말이죠?"

"대형 사고는 언제나 신인들이 치는 거 아닌가요? 그게 또한 빅 리그 팬들의 즐거움이고."

"헤밍톤, BFP 프로그램에는 인터뷰 스킬도 들어 있나요?"

리사가 헤밍톤을 바라보았다.

"이 정도 되니까 우리가 BFP 초대 트레이닝으로 선발한 거 아니겠습니까? 좋은 선수라면 실력도 실력이지만 팬들과의 친화성도 필수죠."

"아무튼 두 선수 잊지 마세요. 홈런과 삼진 세 개."

"옛썰!"

운비와 리베라가 쌍둥이처럼 대답했다.

"그럼 앞으로 자주 뵙기를 바라요. 내 말 무슨 뜻인지 알죠?"

리사는 찡긋 윙크를 남기고 프리먼의 라커로 향했다. 왜 모를까? 그녀를 자주 만나려면 액티브 로스터에 들어야 했다. 그나저나 의외의 일이다. 라커에 기자나 리포터가 들어오는 거야 다반사. 하지만 일착이 될 줄은 꿈도 꾸지 못한 운비와 리베라였다.

"몸 상태 어때?"

헤밍톤이 물었다.

"좋습니다."

"삼진 세 개 가능하겠어?"

"하핫, 기회만 온다면."

"오케이, 언제 들어갈지는 모르지만 편하게 던지라고."

헤밍톤은 가볍게 쥔 주먹으로 운비의 볼을 톡톡 쳐주었다. 격려의 의미이다. 이때까지도 운비는 그 의미를 몰랐다. 하지만 브레이브스의 프런트는 이때부터 굉장한 음모(?)를 꾸미고 있었다. 운비가 알 리 없는 굉장한.

뎁스 차트, 즉 스타팅 멤버가 전광판에 떴다.

〈WBC 미국 대표〉

1번 타자: 다니엘 킨슬러(2B)

2번 타자: 샘 존스(CF)

3번 타자: 다니엘 아레나도(3B)

4번 타자: 롤란 골드슈미츠(1B)

5번 타자: 롤란 포지(C)

6번 타자: 조지 스탠톤(RF)

7번 타자: 조시 크래포드(SS)

8번 타자: 마크 머피(DH)

9번 타자: 제임스 매커친(LF)

선발투수: 루돌프 아처(P)

〈브레이브스〉

1번 타자: 존슨(CF)

2번 타자: 스완슨(SS)

3번 타자: 루이스(1B)

4번 타자: 켐프(LF)

5번 타자: 알비에스(2B)

6번 타자: 가르시아(3B)

7번 타자: 리베라(RF)

8번 타자: 플라워스(C)

9번 타자: 페터슨(DH)

선발투수: 블레어(P)

브레이브스는 신성을 셋이나 포함시켰다. 특히 리베라는 교체로 들어간다는 예상을 깨고 선발에 이름을 올렸다.

삑!

삑!

1회 초, 수비에 나선 미국팀.

마운드에 오른 아처가 스트라이크존을 조율했다. 레이스 소속의 아처는 나름 아담한 체구였다. 지난해 9승 19패를 올렸다. 공에 비해 패가 많은 건 운이 따르지 않았다는 의미이다. 그의 패스트 볼은 155㎞/h까지 찍는다. 위닝샷은 슬라이더였다.

미국 대표팀의 선발 자원은 루디 스트로맨과 짐 로어크, 로버트 더피 등이 있다. 그럼에도 아처가 나왔다는 건 현재 몸상태가 가장 올라왔다는 뜻으로 보였다.

그건 지난해 기록으로도 엿보였다. 아처는 시즌 막바지에 빛났다. 피안타율이 현저히 낮아진 것. 이때 그의 슬라이더는 마구로 불렸다.

미국 대표팀의 진용은 화려했다. 정상급 선수 상당수가 빠졌다지만 현기증이 날 정도였다. 포수의 최정상으로 불리는 포지에 킨슬러와 존스, 아레나도.

아레나도는 5툴 플레이어에 근접한 선수였다. 파워, 정확성, 수비 모두 S급에 속했다. 공 반 개만 잘못 들어가도 바로 담장 행이다. 그는 지난해에도 40개 이상의 홈런을 갈겨댔다. 소속팀 로키스가 타자 친화형 구장이라는 비아냥거림도 나오지만, 그렇다고 누구나 40개 이상의 홈런을 펑펑 쏘아 올릴 수는 없다.

골드슈미츠도 그렇다. 호타준족에 홀수 해만 되면 대폭발하는 반갑지 않은 징크스(?)까지 있었다. 지금은 2017년, 바로 그 홀수 해인 것이다. 타율도 좋아 지난 시즌 3할에 가까운 맹타를 휘둘렀고 도루도 30개 이상을 기록하고 있었다.

7번에 포진한 크레포드는 그냥 살아 있는 도루왕이었다. 그는 원래 메츠의 프랜차이즈 스타였다. 전성기 때의 일이지만 3년 연속 도루왕 타이틀을 챙긴 적도 있다. 수비가 일품이라 원래는 9번이 어울리는 타순인데 7번으로 나왔다. 연습 경기이니 다양한 타순을 시험하는 모양이다.

다른 선수들 또한 말이 필요 없는 플레이어들이었다. 하긴 WBC 미국 대표팀이 아무나 들어갈 수 있는 곳인가? 적어도 자기 포지션에서 빅 리그 톱랭커가 아닌 다음에야 꿈도 꾸지 못할 일이다.

미국 대표팀의 조지 롤랜드 감독의 성향답게 수비에 일가견이 있는 선수들이 주축을 이루었다. 어쩌면 하나의 철옹성처럼도 보였다.

"아, 미국 대표팀 레이스 소속의 아트 슬라이더 피처 '아처'가 나왔군요."

중계에 나선 캐스터의 목소리도 기대가 넘쳤다.

"그렇습니다. 대표팀 유니폼을 자랑스럽게 생각하는 선수죠."

"애틀랜타는 블레어로 맞불을 놓는군요."

"리빌딩에 박차를 가하는 팀다운 선택이죠. 알비에스와 리베라 같은 루키들을 선발로 낸 것도 같은 맥락 같습니다."

"최고의 선수들과 최고의 신예들, 볼 만하겠는데요?"

"지난겨울 블레어는 많이 성장했다고 합니다. 포심의 구속도 올라갔고 세컨드 피치로 쓰는 싱커도 날카로워졌다더군요. 체인지업과 함께 그라운드 볼 유도 능력도 현저히 좋아졌다는 평입니다."

"관록의 아처와 패기의 블레어, 오늘 명승부가 되기를 기대해 봅니다."

주심의 콜과 함께 경기가 시작되었다.

1회 초.

리드오프는 존슨이었다. 원래는 인시아테가 나왔을 자리이나 그는 프리먼, 테헤란과 함께 WBC에 참가 중이었다. 아처는 부드러운 폼으로 1구를 던졌다.

"스투악!"

심판의 주먹이 올라갔다. 초구는 패스트 볼, 2구부터 그의 아트 슬라이더가 꽂히기 시작했다. 3구는 거의 마구 수준이었다. 볼이 만드는 무브먼트가 더그아웃에서도 선명하게 보였다.

짝!

배트에 맞는 소리도 달랐다. 뻑이나 빠악이 아니라 짝으로 들렸다. 존슨이 친 공은 유격수 땅볼이 되었다.

2번 타자는 스완슨이었다. 브레이브스에서 주목받는 타자. 초구를 보내고 2구에서 패스트 볼을 노렸지만 코너워크가 좋았다. 스완슨은 4구에서 1루수 플라이로 분루를 삼켰다.

프리먼 대신 들어간 3번 타자 루이스는 삼진을 먹었다. 빠져나갈 것 같던 슬라이더가 존에 걸친 것이다. 공은 마구, 제구는 예술이었다. 가운데로 몰린 공은 하나도 없었다. 존의 네 귀퉁이를 구석구석 찌르는 컨트롤에 운비는 현기증이 났다. 미국을 대표하는 투수는 역시 달랐다.

1회 말.

블레어가 마운드에 올랐다. 모자를 눌러쓰고 로진백으로 손가락의 습기를 조절했다. 블레어는 용감했다. 선두 타자 킨슬러를 맞아 포심 두 방을 잇따라 꽂아 넣었다. 하나가 아깝게 빠져 볼카운트는 1—1이 되었다.

3구는 싱커가 제대로 떨어졌다. 킨슬러의 방망이가 돌며 유리한 카운트를 점령했다. 패스트 볼로 카운트를 조절한 블레어, 위닝샷으로 체인지업을 던졌다. 타자의 방망이가 돌며 끝에 맞았다. 3루 땅볼이 되어 아웃 카운트 하나를 잡았다.

'후우.'

운비의 입에서 안도의 한숨이 나왔다. 자신이 마운드에 있는 것보다 더 진땀 나는 일이었다.

순간, 짝 하는 타격 음이 들렸다. 고개를 드니 공이 뻗어나가고 있다. 2번으로 들어선 존스가 초구 포심을 노린 것이다. 좌익수가 전력질주하며 공을 잡아냈다. 한 방이 있는 존스.

자칫하면 홈런이 될 뻔한 순간이었다.

3번 아레나도는 포수 파울플라이로 잡았다. 싱커의 밑을 건드려 준 덕분이다. 블레어는 깊은 심호흡을 하며 마운드를 내려왔다.

2회 초.

아처는 흔들리지 않았다. 4번 켐프를 삼진으로 돌려세우고 신예 알비에스와 맞섰다. 2구까지는 알비에스가 좋았다. 공이 하나씩 빠지는 볼을 건드리지 않은 것이다.

투수가 가장 싫어하는 타자.

홈런 타자도 아니고 타율이 높은 타자도 아니다. 볼에 방망이가 나오지 않는 타자. 그게 바로 투수들이 가장 싫어하는 타입이다. 하지만 알비에스는 아처의 관록에 미치지 못했다. 3구로 꽂아 넣은 슬라이더는 알고서도 칠 수 없었다. 4구 역시 무브먼트가 좋아 헛방망이가 돌았다. 당황한 알비에스의 숨통을 자른 건 포심이었다. 몸 쪽으로 파고들며 승부를 매조지해 버렸다.

"……!"

알비에스는 고개를 갸우뚱거리며 돌아섰다. 패기로 덤볐지만 결과가 좋지 않았다. 이어 나온 가르시아의 공은 2루수 글러브에 빨려 들어가 버렸다. 중심에 맞히기는 했지만 살짝 먹힌 것.

2회 말.

블레어는 벽을 만났다. 타석에 선 타자는 골드슈미츠였다. 호타준족이라는 말은 그를 위해 만들어진 것 같았다. 4번이면서 뛸 수도 있는 타자. 한국에서는 찾아보기 힘든 선수이다.

골드슈미츠는 운비가 좋아하는 타자이다. 실력도 실력이지만 역경을 딛고 일어선 선수이기 때문이다. 그는 원래 246번째 지명으로 출발했다. 주목받을 리 없었다. 마이너리그에서도 찬밥이었다. 그때 몸무게가 너무 나간 탓이다.

그러나 그는 정확성을 겸비한 타자였다. 빅 리그로 옮기면서 빛을 보기 시작했다. 그는 좌투수에 강했다. 운비의 레전드이던 류연진에게도 그랬다. 그는 볼은 안 치는 타자로도 유명했다. 공 반 개만 빠져도 구분해 내는 선구안이 있었다.

'힘들겠는데?'

불펜에서 바라보던 운비의 표정이 굳어졌다. 블레어의 포심 최고 구속은 150㎞/h, 싱커 역시 142~144의 구속. 칼날같은 제구가 아니라면 힘으로 윽박지르기엔 무리로 보였다.

짝!

순간, 골드슈미츠의 방망이가 돌았다. 공이 3루수를 넘어 좌익선상을 타고 굴렀다. 2루타가 나왔다. 이어진 타자는 최고의 포수로 꼽히는 포지였다. 포수로서의 단점이라고는 몸집이 약간 작다는 것뿐인 포지. 블레어의 3구를 받아쳤지만 유격수 땅볼이 되었다. 그러고 보니 그의 단점이 하나 더 있었다. 주자가 있을 때의 타격이 부진하다는 것. 2016 시즌에도 그랬다.

한숨 돌린 블레어가 스텐톤과 맞섰다. 그는 잡아당기는 유형의 타자이다. 유격수와 3루수, 좌익수가 수비 위치를 조정했다. 블레어 역시 몸 쪽 공으로 승부했지만 정타가 나왔다.

짝!

'푸헐!'

공이 뜬 순간, 운비의 입에서 한숨이 나왔다. 홈런이었다. 날아갈 것 같지 않던 공이 좌측 펜스를 살짝 넘어가 버렸다. 기가 막혔다. 몸으로 붙는 공을 힘으로 밀어 홈런을 만든 것이다.

2 대 0.

미국 대표팀이 선취점을 가져갔다.

3회 초.

볼거리가 생겼다. 리베라가 타석에 들어선 것이다. 2회까지 퍼펙트 투구를 하고 있던 아처. 브레이브스 초엘리트 육성 프로그램 BFP의 타자 수혜자와 마주 섰다. 말의 성찬을 좋아하는 캐스터들이 그냥 넘어갈 리 없는 이벤트였다.

"쿠바에서 온 샛별과 메이저의 별이 만났습니다."

캐스터의 목소리가 빨라졌다.

"지금 이 장면, 굉장히 의미가 있습니다. 어쩌면 브레이브스의 올 시즌과 함께 유망주 프로그램의 성패를 가늠할 수 있는 순간이기도 하고요."

"그렇습니다. 브레이브스가 야심차게 시도하고 있는 BFP, 그 프로그램의 타자 첫 이수자죠?"

"맞습니다. 지난 시즌 마이너리그에서 0.332를 친 리베라입니다. 주목할 건 그의 타율 변화표죠. 전반기에 0.348로 하이를 그리다가 중반기에 0.266까지 곤두박질, 그러나 후반기에 0.389을 치며 안정세에 들어갔다는 겁니다."

"피가 마르는군요. 마구 슬라이더의 아처냐, 브레이브스 엘리트 프로그램의 리베라냐?"

짝!

멘트가 끝나기 전에 리베라의 타격 음이 들렸다. 바깥쪽으로 휘는 슬라이더를 밀어 친 리베라였다. 공이 총알처럼 2루수를 빠져나갔다. 브레이브스의 첫 안타였다.

"와아아!"

일부 팬들이 기립 박수를 쳐주었다. 스물한 살의 겁 없는 루키가 만들어낸 첫 안타에 보내는 박수였다. 하지만 득점은 없었다. 플라워스가 친 공이 중견수에게 잡혔고, 9번 타자는 삼진을 먹고 말았다. 1번 존슨 역시 범타로 물러났다. 이닝당 삼진 하나 정도는 빠짐없이 챙기는 아처였다.

3회 말.

미국은 또 한 점을 챙겼다. 이번에는 연속 2루타 두 방이었
다. 결국 블레어가 강판당하고 말았다. 그 뒤를 이은 건 포크
볼의 실바였다. 첫 타자를 잡고 두 번째 타자에게 우익수 앞
안타를 맞았지만 거기에 리베라가 있었다. 전력질주로 달려들
며 바운딩된 공을 잡아낸 리베라, 단숨에 홈까지 공을 뿌렸
다. 공은 원 바운드로 포수 플라워스의 미트로 들어갔다.

"아웃!"

심판이 외쳤다. 총알 송구로 실점을 막아준 리베라의 금빛
보살이었다. 실바가 안도의 한숨을 쉬었다. 이어진 4번 골드슈
미츠는 중견수 플라이로 잡아냈다. 중견수를 오버할 것 같았
지만 존슨이 내민 글러브에 공이 들어갔다.

게임 스코어 3 대 0.

4회는 양 팀이 득점 없이 마쳤다. 아처는 이 회에도 삼진 하
나를 챙겨갔다. 그리고 5회, 이닝이 시작되기 전에 불펜 코치
가 운비를 불렀다.

"황!"

"예?"

캐치볼로 몸을 풀던 운비가 대답했다.

"지금 미국 대표팀 투수로 누가 나오는지 봐라."

"예?"

그라운드로 고개를 돌렸다. 대표팀이 투수를 교체하는 모양이다. 퍼펙트에 가깝게 호투하던 아처를 내린 것이다. 그리고 그 뒤를 이어 들어선 투수. 훤칠한 장신에 온화한 표정을 유지하고 있는 그를 보는 순간 운비의 시야가 정지되고 말았다.

'밀러……'

운비의 입에서 짧은 신음이 나왔다.

밀러의 등장이었다. 양키스에서 인디언스로 이적한 좌완 투수. 현역 빅 리그 최고의 불펜으로 꼽히는 밀러. 랜디 존슨의 슬라이더를 상속받았다고 할 만큼 공인된 위력의 슬라이더 명인. 아처의 슬라이더도 벅차던 판에 그 완성형의 투수가 등장한 것이다.

더구나 그는 운비가 최적의 모형을 찾을 때 모델로 쓴 인물이기도 했다.

"준비해라."

불펜 코치의 말을 운비는 잘 알아듣지 못했다.

"예?"

"네 상대다."

불펜 코치가 웃었다. 그제야 상황을 알아들은 운비가 굳은 얼굴을 펴며 미소로 받아쳤다.

"알겠습니다."

대답하는 운비의 심장에 짜릿한 경련이 스쳐 갔다.

밀러 VS 운비.

차마 그려보지 못하던 그림이다. 하지만 상관없었다. 이제부터는 전부 전에 그리지 못하던 그림이 될 것이다.

"미국 대표팀, 인디언스 소속의 밀러를 내보냈군요."

캐스터들도 열광하는 모습이다.

"그렇습니다. 오늘 롤랜드 감독이 세게 나오는데요?"

"아, 방금 재미난 쪽지가 하나 들어왔습니다."

"뭡니까?"

해설자가 고개를 돌렸다.

"브레이브스 쪽에서 가져온 건데… 이쪽도 5회 말에 투수 교체를 한다는군요. 투수는 황운비."

"황운비라면……."

자료를 뒤지던 해설자가 말을 이었다.

"오, 이 선수 역시 브레이브스 BFP 투수 프로그램의 첫 수혜자인데요?"

"오늘 우리가 재미난 베이스볼을 보게 생겼군요."

"맞습니다. 스니커 감독은 역시 팬 서비스를 할 줄 아는군요. BFP를 상징하는 타자 리베라와 투수 황운비. 그런데 리베라는 이미 능력을 선보였지요. 브레이브스에서 유일하게 아처에게 안타를 뽑아냈으니까요."

"타격뿐만 아니라 수비도 어마어마했습니다. 한 점을 막은 보살 아니었습니까?"

"두 점, 세 점이 될 수도 있었죠. 거기서 한 점을 더 주었더라면……."

"타자 리베라는 일단 합격점이라고 한다면 투수 황운비도 기대가 되는데요?"

"애틀랜타는 이제 리빌딩의 원조로 불리는 팀이죠. 덕분에 팜 랭킹에서 양키스를 제치고 1위에 등극하지 않았습니까?"

"그동안 논란이 있었는데 리베라에게서 자신감을 얻을 걸까요? 투수 수혜자를 막강 밀러와 승부로 붙이다니… 하지만 지난해 마이너리그에서의 성적은 그리 신통치 않군요."

"저는 일단 기대가 됩니다. 우선 리베라의 타격 역시 상향, 하향, 상향으로 안정되는 추세를 보였습니다. 황의 마이너 기록도 유사하군요. 전반 두 경기는 완전히 말아먹은 게임, 후반 두 경기는 구위로 게임을 압도한 상황. 이런 조건 외에도 간과할 수 없는 게 그들을 조련한 트레이너와 스태프들입니다."

"누가 트레이너로 참가했습니까?"

"놀라지 마십시오. 투수 전담 트레이너는 커터 명인 '리베라'의 커터를 전수하고 다니는 보젤입니다. 시스템 관리자는 이름만 대면 다 아는 맥다니엘, 포수를 맡아준 사람은 투수들의 아버지로 불리는 메켄지라죠."

"오, 쟁쟁하군요?"

"황운비, 올해 고작 스무 살이 된 진짜 루키죠. 코리아에서의 하이커리어를 살펴보면 그해 아시아의 국제대회와 국내대회를 몽땅 휩쓸었습니다. 나갔다 하면 MVP였군요. 게다가 비하인드 스토리도 흥미롭습니다."

"비하인드 스토리라고요?"

"황은 원래 배구 선수였다는군요. 그러다 박 감독을 만났는데 그분에게서 패스트 볼 선수로 거듭났다고 합니다. 본래 코리아의 고교야구는 성적 때문에 선수보다 감독 편의주의가 많은데 박 감독은 오직 패스트 볼 선수로만 키워 빛을 보게 했답니다."

"패스트 볼……."

"그런데 밀러도 그런 은인 감독이 있었지요. 마린스에서 투구 폼을 고치고 또 고치며 삽질을 할 때 만난 게 바로 존 발렌타인 감독입니다. 여기서 세인트 맥클레어 코치 지도를 받았는데 그는 밀러의 문제점을 단박에 알아냈습니다. 바로 너무 복잡한 투구 폼이었죠."

"아!"

"와인드업 자세를 내려놓고 세트포지션 자세를 입혔습니다. 그 후에 밀러는 대학 시절의 구위를 되찾으며 특급 선수의 반열에 올랐죠."

"으음, 갑자기 소름이 돋는군요."

"더구나 황과 밀러, 하드웨어 자원은 비슷해요. 패스트 볼 구속도."

"절정의 빅 유닛과 루키 빅 유닛의 충돌이라······. 오늘 야구 중계, 정말 흥분되는군요."

캐스터는 마운드에 선 밀러에게서 눈을 떼지 못했다.

밀러 VS 운비.

사실 아직 매칭이 될 레벨은 아니었다.

하지만 브레이브스 코칭스태프의 판단은 다른 모양이다. 그들은 그들의 팜 시스템에서 나온 유망주들이 거친 시련 속에서 성장하기를 바랐다. 본시 그릇이 안 되는 재목들은 삭풍에 뽑혀 날아가는 법. 더구나 운비는 브레이브스가 팜 시스템을 진보시켜 만든 BFP의 첫 배출 투수였기에 다양한 시련을 안겨주고 있었다.

브레이브스.

용기.

그들은 바랐다. 어린 루키와 영건들이 모진 한파를 딛고 뿌리를 내려주기를. 그리하여 다시 한번 1990년대의 영광을 재현할 수 있기를. 물론 포스트 시즌 새가슴이라는 불명예의 불식까지 포함한 기대였다.

밀러가 모자를 눌러썼다. 수염이 잘 어울리는 선수였다. 마운드에 서자 빅 유닛의 위엄이 고스란히 우러나왔다.

빡!

유연한 스윙 속에서 연습구가 날아갔다. 차라리 예술에 가까운 모습이었다.

타석에는 알비에스가 들어섰다. 1구는 몸 쪽으로 꽂혔다. 포심이었다. 더그아웃에서도 공의 궤적이 휘는 게 보였다. 무브먼트가 확연한 공이었다. 2구는 슬라이더가 꽂혔다. 그 공은 알면서도 놓칠 수밖에 없었다.

볼카운트 투낫씽.

여기서 날아든 3구가 예술이었다. 회심의 슬라이더가 스트라이크존의 한계선을 타고 들어온 것이다. 알비에스의 방망이가 돌다가 멈췄다. 포지가 1루심에게 확인을 요청했다. 1루심은 날개를 펴며 방망이가 돌지 않았다는 사인을 보내왔다.

볼카운트 1—2.

간담이 서늘해진 알비에스. 그러나 밀러의 자비는 없었다. 그는 자신의 제구를 과시라도 하는 듯 똑같은 코스에 슬라이더를 박았다. 알비에스의 방망이가 돌았지만 이번에는 완연한 헛스윙이었다. 삼진을 먹은 것이다.

이어진 타석에서 가르시아는 땅볼로 물러났다. 그 역시 슬라이더를 잘못 건드렸다. 유격수는 여유를 부리며 공을 던졌다. 그래도 가르시아는 도중 포기는 하지 않았다. 이미 아웃이 된 상태에서도 전력으로 베이스를 밟는 사세는 존경스러울 정도였다.

"와아아!"

그리고 환호와 함께 리베라가 들어섰다. 오늘 유일한 안타의 주인공. 쿠바에서 건너온 겁 없는 신인. 헬멧을 바로잡은 리베라는 한 치의 꿀림도 없이 밀러를 노려보았다.

당신도 처음에는 신인이었어.

리베라의 눈빛은 그랬다. 지난해 사이영상 투수가 와도 꿀리지 않을 투지. 운비와 꼭 닮은 기개였다.

뻑!

밀러는 보란 듯이 초구 슬라이더를 박아주었다. 볼 끝이 제대로 휘었다. 누가 저 공에 통곡의 벽이라는 별명을 붙여주었는가? 리베라는 방망이로 홈 플레이트 땅을 툭툭 치며 타이밍을 조절했다. 2구가 날아왔다. 겁 없는 신인에게 안겨주는 빈볼성 공이었다. 리베라의 가슴팍에 닿을 듯했지만, 리베라는 상체만 살짝 뺐을 뿐 다리는 꿈쩍도 하지 않았다.

'오, 강심장인데?'

포지가 슬쩍 웃었다.

'안 되겠어. 슬라이더로 가자고.'

처음부터 기분이 좋지 않은 포지. 밀러에게 주 무기를 요청했다. 리베라의 무릎 근처로 뿌려달라는 오더였다. 공은 거의

그 코스로 날아왔다. 강풍에 밀리는 듯 휘청거리는 슬라이더
였다.

짝!

리베라의 방망이가 돌았다. 동물적인 감각이었다. 내야를
치고 빠지는 공을 크래포드가 역모션으로 잡았다. 그 상태로
몸을 돌리며 송구를 날렸다. 그림 같은 수비였다. 공은 리베라
의 발과 거의 동시에 1루수 골드슈미츠의 글러브에 박혔다.

"세이프!"

심판이 목이 터져라 외쳤다. 리베라의 젊은 투지가 만들어
낸 내야안타였다.

"와아!"

팬들의 기립 박수가 쏟아졌다.

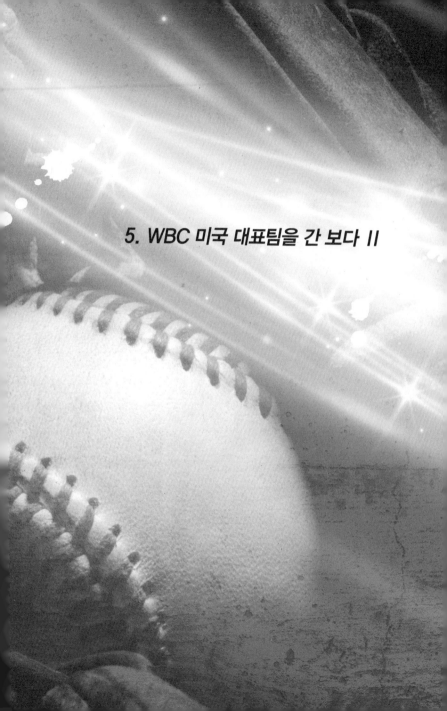

5. WBC 미국 대표팀을 간 보다 II

"아, 정말 그림 같은 플레이가 나왔습니다."

캐스터의 목소리도 함께 높아졌다.

"그렇습니다. 밀러가 던진 회심의 슬라이더, 타자가 치기 어려운 코스로 들어갔고 스피드도 최상이었습니다. 그 공을 루키 리베라가 쳐냈군요."

"수비는 또 어떻습니까? 완전히 빠지는 공을 역모션으로 걷어냈어요. 게다가 노스텝으로 송구……."

"투수와 타자, 수비까지 최고의 작품이 연출된 순간입니다. 세 선수 모두 박수를 받아 마땅합니다."

해설자의 소리를 뒤로하고 리베라는 베이스를 차지했다. 팬들을 향해 두 손을 들었다. 팬들은 다시 한번 환호했다.

8번 타자 플라워스가 타석에 들어섰다. 그는 볼카운트 2—2에서 포심을 받아쳤다. 3루 땅볼이 되었지만 리베라의 빠른 발 덕분에 진루타가 되었다. 3루수가 2루를 보았을 때는 이미 늦은 후였다.

투아웃에 2루.

거기서 리베라가 대형 사고를 쳤다. 페터슨의 타석에서 초구 도루를 감행한 것이다. 그 대담함에 허를 찔린 포지. 최고의 포수라는 명성에 걸맞지 않게 루키에게 도루를 허용하고 말았다.

주자는 3루.

그러나 밀러는 역시 밀러였다. 2구는 볼이 들어왔지만 3구는 슬라이더로 헛스윙 유도, 마지막 4구는 패스트 볼을 몸 쪽으로 찌르며 삼진을 솎아내 버렸다.

"아, 씨!"

3루 베이스 위의 리베라가 손바닥을 치며 아쉬워했다. 딱하나 남은 홈베이스. 득점을 코앞에서 놓친 것이다. 이닝은 그렇게 마감되었다.

"피처 황— 운— 비!"

대표팀의 외야들이 그라운드를 벗어나자 멘트가 나왔다.

운비는 일착으로 달렸다.

마운드에 올라서서 그라운드를 돌아보았다. 밀러의 등판처럼 환호는 없었다. 그래서 좋았다. 이 썰렁함, 따가운 바람 같은 썰렁함이 운비의 오기를 자극했다.

"Go! Go!"

외야의 리베라가 악을 썼다. 알비에스도 화답했다. 둘 다 루키. 서로에게 힘을 실어주는 것이다.

'아이 엠 해피.'

마운드 위에서 운비는 웃었다. 두려움 따위는 잊었다. 두려움으로 해결될 일도 아니었다. 여기서의 해결책은 오직 하나, 공이었다.

뻑!

연습 초구를 날렸다. 145㎞/h를 찍었다.

뻑!

2구는 148을 찍었다.

미국 대표팀을 상대하는 마운드. 결과를 떠나 이 자리에 있는 것 자체가 영광이었다. 하지만 그 영광에 취해 헤실거릴 생각은 없었다.

"헤이, 황."

플라워스가 마운드로 다가왔다.

"네."

"혹시 피아노 칠 줄 알아?"

"흉내 정도요."

거짓말은 아니었다. 소야도에 살았지만 피아노가 있었다. 엄마가 서울에서 쓰던 것이다. 엄마에게 배웠다. 체르니 100까지는 배웠었다.

"거기 보면 그런 말이 나오지. 렌토, 알레그로, 알레그레토, 프레스토."

"네. 천천히, 빠르게, 매우 빠르게……."

"오케이. 그것만 기억해라. 그냥 빠르기만 하면 안 돼. 그럼 피아노 터지겠지?"

"예."

"빅 리그에서 최고의 빅 유닛이 되는 게 네 꿈이라고?"

"예."

"한 가지만 명심해라. 문 앞에 도착했다고 서두르면 안 돼."

"예."

"Go, 아이언 마스크 황."

플라워즈는 주먹을 쥐어 보이고 마운드를 내려갔다. 어쩌면 스칼렛과도 통하는 조언이다.

타석에 5번 타자 포지가 들어섰다. 타석이 꽉 차 보인다. 동시에 매직 존 역시 불꽃처럼 피어올랐다. 주자가 없을 때 타석에서 더 강한 포지.

'포심부터 한 방.'

포수 플라워즈의 미트가 바깥쪽 낮은 곳을 가리켰다.

포지와는 첫 대결. 대표팀이라는 위압감 때문인지 타석에 빈틈이 없었다. 서서히 와인드업을 했다. 수천, 수만 번 거듭한 투구 폼. 눈을 감고도 던져본 그 투구 폼.

마침내 운비의 초구가 날아갔다. 포심이었다. 딱 150을 찍었다.

뻐억!

플라워즈의 미트에 불이 났다. 운비를 위한 포구였다. 초구에 힘을 실어줌으로써 자신감을 주려는 포수의 배려였다.

"스뚜악!"

주심이 주먹을 쥐었다. 초구 스트라이크. 좋았다. 하지만 별다른 의미를 부여하지는 않았다. 투 스트라이크를 잡아도 맞으면 소용이 없는 게 볼카운트이다.

'좋았어. 이번에는 인코스 낮게.'

포수의 미트가 포지의 무릎 쪽으로 이동했다. 공을 뿌렸지만 공 하나가 높게 들어갔다.

빡!

포지의 배트가 돌았다. 공은 포수 뒤로 넘어가 버렸다.

'천천히, 천천히.'

포수가 사인을 보내왔다. 운비는 몰랐지만 그가 보기에는 서두른다는 뜻이다. 오케이. 한숨 죽여 드리죠. 로진백을 집어 송진을 묻혔다.

Slow and Steady!

주문을 외우며 호흡을 골랐다. 3구는 유인성 체인지업을 던졌다. 포지의 방망이가 나왔다. 하지만 공은 3루 측 파울이 되었다.

'커터!'

기다리던 사인이 나왔다. 바깥쪽 낮은 존으로 꽉 차는 지점이다. 부드럽게 킥을 한 운비의 4구가 날아갔다.

'포심.'

포지는 그렇게 판단했다. 홈 플레이트 직전까지 포심의 궤적이었다. 포지의 방망이가 돌았다. 배트와 공의 접전, 그러나 공은 배팅 포인트에서 멋대로 휘었다.

"······!"

포인트에서 힘을 주려던 포지는 그 힘이 허무하게 분산되는 걸 느껴야만 했다. 배트는 공을 지나쳤고, 공은 그대로 포수 미트 안으로 들어가 버렸다.

'포심? 커터?'

포지의 고개가 갸웃 돌아갔다. 포심과 커터가 똑같은 궤적으로 날아온 것이다. 게다가 투구 폼까지 똑같았다. 포심인가 싶었지만 커터, 아니, 어쩌면 슬라이더이다. 그랬기에 타이밍을 날려 버린 포지였다.

원아웃!

주심의 콜과 함께 플라워즈가 주먹을 쥐어 보였다. 잘했다는 뜻이다.

"나이스 피처!"

외야의 리베라가 악을 썼다.

'땡큐.'

미소로 화답하고 타석을 돌아보았다. 또 하나의 산 스텐톤이 들어와 있다. 그 역시 훤칠한 키로 타석을 차지하고 있었다. 존이 갑갑해 보이기는 포지와 다르지 않았다.

'이 친구는 만유인력 법칙 숭배자인지 당기는 걸 좋아해.'

플라워스의 미트가 밖으로 움직였다.

'이번에는 투심으로 갈까? 단순함 속에서의 다양성?'

'좋죠.'

기꺼이 화답해 주었다. 운비의 투심은 종으로 날아가다 홈 플레이트 직전에 휘었다. 방망이가 돌았지만 공은 미꾸라지처럼 빠져나간 후였다. 스텐톤은 신중하게 배트를 조율했다.

'이번엔 커터로 한 방 부탁해. 조금 높게.'

플라워스의 미트가 위로 살짝 올라갔다. 운비의 2구가 날아갔다. 공은 이내 스텐톤의 시야에 가까워졌다.

'포심……'

스텐톤은 확신했다. 방망이가 나갔다. 하지만 공은 스텐톤의 예상을 어김없이 비껴갔다. 타격 포인트에서 미친 무브먼트를 일으킨 것.

따악!

스텐톤은 간신히 커트해 냈다.

'……'

그의 등골에 서늘함이 스쳐 갔다. 커터였다. 아니, 슬라이더였다. 아니, 아니, 커터성 슬라이더?

마운드의 운비는 냉정했다. 카운트는 이제 운비 편이었다.

'체인지업을 보여 드릴까, 아니면 커터를 한 방 더 먹여 드릴까?'

둘 중 하나. 그러나 포수의 판단은 달랐다.

'서두르지 마. 독이 오른 건 타자들이지 네가 아니니까.'

플라워스의 선택은 몸 쪽 포심이었다. 안으로 제대로 휘어 들었다. 공 하나가 빠졌지만 스텐톤이 방망이는 침묵을 지켰다.

'역시 능구렁이라니까. 조금 높게 하나 더.'

미트가 타자 가슴 쪽으로 올라갔다. 4구를 날렸다. 그 또한 입질을 하지 않았다.

'오케이! 그렇다면 승부!'

플라워스에게서 다시 커터 사인이 왔다. 볼카운트 2—2. 볼이 하나 더 들어가면 운비에게 좋을 게 없었다. 운비의 시선이 콜드 존을 겨누었다. 플라워스의 미트도 딱 거기였다. 역시 빅 리그의 포수들은 달랐다.

부욱!

아이언 마스크, 나이답지 않은 별명처럼 무표정하게 공을 뿌렸다.

짝!

날카로운 타격 음이 울렸다. 미간을 꿈틀거리지만 손목 재간으로 재빨리 커트해 내는 타자였다. 타석에서 물러난 스텐톤이 방망이를 휘두르며 감을 조율했다. 그는 포지와 같은 심정이었다. 포심과 커터가 구분이 되지 않았다. 그걸 알았을 때는 이미 홈 플레이트. 대처할 수가 없었다.

'조금 높게 한 방 더.'

6구.

갈림길에 섰다. 여기서 볼이 선언되면 운비가 몰린다. 사인을 받은 운비가 고개를 저었다. 커터 대신 선택한 건 벌컨 체인지업이었다.

'오, 배포 좋은데?'

'괜찮지 않나요?'

'내 말이. 쏴봐라.'

포수가 미트를 내밀었다. 운비의 손가락이 위치를 바꾸었다. 글러브 안에서 살짝 공을 밀어 중지와 약지 사이에 끼운 것. 빠른 공에 독이 오른 타자를 잡기 위한 강수였다.

'18㎞/h에서 20㎞/h.'

손가락의 힘을 조절했다. 패스트 볼 다음에 최적의 효과를 보기 위한 저속 스피드였다.

부욱!

결단이 서면 주저 따위는 필요 없었다. 운비의 6구가 섬광처럼 손목을 떠났다.

'쳐라.'

플라워스의 눈이 공에서 떨어지지 않았다. 눈 깜짝할 사이에 미트에 꽂히는 투수의 공. 그 눈 깜짝할 사이에 타자의 배트가 돌아야 했다. 타자의 배트가 움찔하며 바람을 갈랐다.

"……!"

헛스윙이었다. 포심과 커터로 고민하던 차에 구속이 죽은 공이 들어온 까닭이다.

"와아아!"

숨죽이고 있던 팬들이 함성을 울렸다. 두 타자 연속 제압. BFP가 뭔지 잘 모르던 팬들도 그 단어에 호감을 가지기 시작했다.

7번 머피가 들어서자 포수가 두 손으로 차분하라는 신호를 보내왔다.

Calm down, Calm down.

운비는 로진백을 만지며 기대에 부응해 주었다.

머피는 좌타이다.

'체인지업.'

포수의 사인이 왔다. 매직 존을 보고 이유를 알았다. 머피는 높은 쪽 존과 솟는 공에서 타율을 까먹는 유형이었다.

벌컨 체인지업. 두 번째 투구가 날아갔다.

짝!

바로 타격 음이 울렸다. 먹힌 타구. 그러나 힘이 좋은 타자였기에 포물선이 길었다. 스완슨이 몸을 날렸지만 공은 글러브를 살짝 빠져나갔다. 안타였다.

'시원하네.'

운비가 웃었다. 긴장감에 짜릿함이 스쳐 갔다. 지상에 퍼펙트한 투수는 존재하지 않는다. 투아웃 이후라 긴장이 풀린 것도 아니었다. 투구는 다시 조이면 그만이다.

투아웃 1루.

미국 대표팀의 더그아웃에서 코칭스테프들이 수군기리는 게 보인다. 와인드업 투구는 보았다. 패스트 볼 중심인 것 같지만 그 안에 커터성 슬라이더를 숨긴 투수, 혹은 슬라이더성 커터.

그렇다면 세트포지션은 어떨까? 세트포지션을 하면 누구든 구속이 떨어진다. 미국 대표팀의 더그아웃은 그걸 노리는 것 같았다.

타석에 매커친이 들어왔다. 우타이다. 좌우가 돌아가며 나오면 투수가 피곤해진다. 8번에 포진했지만 장타력의 소유자. 현재는 부진하지만 그는 RC(Run Created: 득점 생산) 상위권의 타자였다.

RC, 그건 타자의 지표 중 하나이다. 빅 리그의 MVP를 예상하는 지표는 한둘이 아니었다. 다 빼고 하나만 참고하면 어떤 게 적중률이 좋을까? 거기서 증명된 게 바로 RC였다. 지난 50여 년간 각 지표 중에서 MVP가 나온 비율이 있었다. 타율은 20% 적중, 득점은 28%, 홈런 역시 28%, bWAR 38%, OPS 45%, 그리고 놀랍게도 RC가 그 꼭대기인 48%로 우뚝 솟아 있었다. 즉 RC가 높은 선수가 MVP가 될 확률이 가장 높다는 뜻. 맥커친은 그 상위에 속하는 선수였다. 즉 주자가 나가면 잘 칠 확률이 높아지는 것.

툭 떨어지는 벌컨 체인지업과 아웃코스 포심으로 간을 보았다.

볼카운트 1―1.

'커터 한 방 꽂아줘라.'

플라워스의 사인이 왔다. 지금까지 던진 커터의 회전수는

1,500 정도. 이번에는 달랐다. 그립을 마음껏 잡아챈 커터가 날아갔다. RPM이 확 올라간 회전 중심의 커터였다.

짝!

맥커친의 방망이가 돌았다.

'오케이!'

순간 운비는 주먹을 불끈 쥐었다. 배트가 공의 윗부분을 치는 걸 본 것이다. 공은 스완슨 앞으로 굴러갔다. 스완슨이 잡아 베이스 커버에 들어온 알비에스에게 토스했다.

"아웃!"

2루심의 콜은 1루심에 비해 다이나믹했다. 그라운드 볼 유도. 운비가 세 번째 아웃 카운트를 잡는 순간이었다.

"보셨습니까? 황이 간단하게 위기를 벗어나는군요."

캐스터의 목소리가 바빠졌다.

"커터로군요."

"그렇죠? 저는 슬라이더인 줄 알았는데."

"커터가 슬라이더와 잘 구분이 되지 않습니다. 저 정도면 쉽게 치기 어렵겠어요."

"이거 심상치 않은데요? 브레이브스의 BFP."

"정말 그렇습니다. BFP의 첫 수혜 타자와 투수. 오늘 미국 대표팀을 맞아 그 진가를 보여주고 있습니다. 리베라는 공수 대활약, 황운비는 밀러에게 조금도 밀리지 않는 위력으로 맞불을 놓고 있습니다."

"다음 이닝이 정말 기대되는군요. 게임이 점점 재미있어집니다."

"그러게요. 빨리 시작했으면 좋겠는데요?"

해설자도 분위기를 띄웠다.

"수고했다."

더그아웃의 선수들이 운비를 반겼다.

"끝내줬어."

월리 윤도 엄지 세우는 걸 잊지 않았다. 점퍼를 두른 운비는 쉴 새도 없이 마운드를 바라보았다.

6회 초.

다시 태산이 서고 있었다. 밀러이다. 그리고 이 이닝에 밀러는 레전드급의 위세를 떨치고 말았다. 1번 존슨이 시작이었다. 초구, 바깥쪽으로 흐르는 슬라이더에 방망이가 나간 존슨. 2구 패스트 볼에 헛스윙을 하더니 3구로 들어온 커브에 농락당하며 3구 삼진을 먹었다.

2번 타자로 나간 스완슨 역시 밀러를 넘지 못했다. 브레이브스의 떠오르는 태양답게 투 스트라이크 이후에 슬라이더 두 개를 커트했지만 7구로 들어온 승부구에 당했다. 연속 삼진이었다.

3번 루이스는 더 참혹했다. 볼카운트 1—2에서 들어온 슬라이더에 루킹 삼진을 먹은 것이다.

"이야, 역시 관록의 밀러로군요. 루키 황에게 빅 리거의 투구란 이런 것이라고 시위하는 것 같죠?"

캐스터는 계속 분위기를 띄웠다.

"그렇군요. 5회보다 패스트 볼의 구속도 빨라지고 슬라이더의 변화도 갈기를 세웠습니다. 저런 볼이라면 어떤 팀의 타자들도 치기 어렵죠."

"황이 어떤 기분이 들까요?"

"글쎄요, 황의 기록을 보니 코리아에서 빅 K로 불리기도 했던데, 그래도 빅 리그의 타자들을 상대로는 쉽지 않죠. 게다가 미국 대표팀 아닙니까?"

"만약 황이 밀러처럼 사고를 친다면 초대형 사고가 되겠군요?"

"그렇게 되면 밀러 이상이 되는 거죠. 6회에 밀러가 상대한 브레이브스 타선은 정규 타선이 아니잖습니까? 주전인 리드오프 인시아테와 투타의 핵으로 불리는 프리먼이 WBC에 참가 중이라 자리를 비웠으니까요."

"이거 정말 흥미진진한데요? 오늘 게임이 이렇게 재미나게 엮일 줄은 몰랐습니다."

중계진의 열기를 모른 채 운비가 마운드에 올랐다.

"와아아!"

운비가 마운드를 고르자 브레이브스 팬들이 환호했다. 아까와는 다른 기대감이다.

—밀러와 맞장을 떠라.

—한판 붙어봐라.

—브레이브스의 젊은 심장의 패기를 보여다오.

그들의 함성은 그런 의미를 갖고 있었다.

세 타자 연속 삼진으로 맞불. 사실 한국의 고교 마운드라면 그런 생각을 했을지도 모른다. 하지만 여기는 메이저였다. 포수의 조언도 있었다.

"냉정하게!"

플라워스는 운비가 군중심리에 휩쓸리는 걸 경계했다. 서른 살 짬밥이 어디 갈 리 없었다.

첫 타석에 9번 크래포드가 들어왔다. 운비의 어깨에 열기가 끓었다. 근육을 타고 내려간 열기가 손가락까지 이어졌다.

짝!

3구째, 크래포드가 방망이를 돌렸다. 먹힌 타구가 되며 리베라 앞으로 날아갔다. 리베라는 거의 제자리에서 공을 잡았다.

원아웃이 되었다.

킨슬러에게는 커터부터 안겨주었다. 방망이가 돌았지만

부러져 버렸다. 킨슬러는 다른 배트를 들고 나왔다. 타석에 들어서기 전 부웅부웅 바람을 긁으며 운비를 노려보는 킨슬러.

'제법인데?'

그의 눈빛은 그렇게 말하고 있었다.

2구.

'한 방 더 먹여보자고.'

포수가 커터를 주문했다. 1,560의 RPM으로 날아간 공에 다시 배트가 돌았다.

빠각!

소리와 함께 배트가 작살이 났다. 공은 1루 관중석 쪽으로 날아갔다. 킨슬러의 미간이 구겨졌다. 처음에는 몰랐지만 이번에는 작심하고 노린 공이었다. 하지만 운비의 커터 무브먼트가 좋았다. 예상보다 많이 휘며 안쪽으로 파고든 것이다.

볼카운트 투낫씽.

투수에게 절대적으로 유리한 카운트이다. 그건 통계로도 입증되고 있었다. 이 카운트는 타자에게 얼마나 불리할까? 볼카운트 0—2에서 메이저 타자들의 득점 생산력 WRC+는 타자에게 절대적으로 유리한 2—0에 비해 열 배 가까이 낮았다.

'투심으로 타이밍 좀 쑤셔놓고.'

플라워스는 심리전에 능했다. 요구대로 꽂았다. 바깥쪽으로 공 하나 정도가 빠졌다. 심판은 물끄러미 바라볼 뿐 콜을 하지 않았다.

'커터!'

안쪽으로 살짝 몸을 옮긴 플라워스가 미트를 갖다 댔다. 첫 공과 같은 인코스였다. 치면 다행이고 안 치더라고 간담을 졸게 만들자는 의도였다.

'원하신다면.'

운비의 커터가 불을 뿜었다. 또 당하랴 싶었는지 킨슬러의 배트가 빠르게 돌았다.

빠각!

"……!"

이번에는 수비 동작을 취하던 운비가 움찔거렸다.

"아!"

동시에 중계석의 캐스터가 벌떡 일어섰다.

"이게 웬일입니까? 한 타석에서 세 개의 배트를 박살 내고 있습니다."

"코리아의 리베라로군요. 리베라가 현역일 때 세 타자 연속 배트를 작살낸 적이 있지 않습니까?"

"리베라의 커터와 황의 커터가 어떻게 다릅니까?"

"잠깐만요. 지금 자료가 들어오고 있습니다. 엇!"

자료를 확인한 해설자의 눈빛이 출렁거렸다.

"왜 그러시죠?"

"이거… 우연의 일치일까요? 황의 기록이 리베라의 기록과 거의 일치하고 있습니다."

"정말 그렇군요. 평균 150㎞/h의 구속에 RPM 1,550."

"우연일까요?"

"우연이라기엔……."

"그렇죠? 아까 던진 커터 중에는 RPM 2,500이 찍힌 것도 있었습니다."

"그렇다면 황이 이번에는 의도적으로?"

"밀러의 삼진에 대한 맞불로?"

"이야, 이거 심장마비 조심해야겠는데요. 황이 정말 밀러의 3연속 삼진에 맞불을 놓기 위해 배트 세 개를 부러뜨렸다면 대사건이 아닐 수 없습니다."

운비의 커터.

의도는 아니었지만 배트 세 개를 연속으로 작살내는 장면을 연출하고 말았다. 관중석은 숨을 죽였다. 노익장을 과시하는 롤랜드 감독의 미국 대표팀 벤치도 조용하기는 마찬가지였다. 그저 우연이었을까? 하지만 이런 우연이 세 번이나 일어날 수는 없었다.

'이제 마감할까?'

포수의 사인이 건너왔다.

'좋죠.'

'벌컨 체인지업 던지고 싶지?'

'얼마든지.'

'그건 좀 참고 바깥쪽 꽉 찬 데다 투심 한 방 꽂아줘.'

'투심이요?'

'지금은 그게 최고야.'

포수의 미트가 자리를 잡았다. 와인드업을 한 운비, 미트를 향해 투심을 뿌렸다. 구속을 약간 떨어뜨린 공이 타석 가까운 곳에서 옆으로 휘었다.

쩍!

킨슬러의 방망이가 돌았다. 하지만 타구는 맥 빠진 채 굴러갔다. 1루수가 달려와 공을 잡았다. 킨슬러는 자연 태그가 되었다.

투아웃!

2번 타자 존스의 차례이다. 중계석은 흥분으로 가득하지만 운비는 차분했다.

아이언 마스크, 그 표정이다.

플라워스의 미트는 처음부터 바깥쪽이었다. 매직 존도 그와 일치했다. 안쪽의 존은 시뻘겋게 타올랐다. 안쪽과 가운데를 중심으로 핫 존이 끓는 타자였다.

초구는 체인지업으로 타이밍을 흩뜨려 놓았다. 2구는 커터를 구사했다. 어깨를 타고 흐르는 스윙이 가뜬하게 느껴졌다. 포심과 섞어 던지던 RPM이 아니었다. 이번 것은 2,480짜리였다.

짝!

소리와 함께 공이 떠올랐다. 존스의 손에 들린 건 반쪽의 방망이였다. 이번에도 방망이를 부러뜨린 것. 공은 2루수가 조금 움직여서 잡아냈다. 방망이 네 개를 작살낸 삼자범퇴였다.

하지만 아까와 달랐다. 브레이브스의 어떤 선수도 운비를 격려하지 않았다. 1루수도, 2루수도 그랬다. 외야에서 달려들어 온 존슨과 켐프 역시 운비를 외면했다. 심지어는 리베라까지도.

더그아웃도 다르지 않았다. 손 하나 내미는 사람 없이 썰렁한 게 완전 개무시하는 분위기였다.

시기? 질투?

살짝 황당해지는 운비. 다른 사람들은 몰라도 리베라까지 그러니 어이가 없었다.

'오냐, 초짜가 잘나가면 배가 아프다 이거지?'

뻘쭘해질 때다. 느닷없이 선수단 전체가 파도처럼 일어서며 박수를 쳐주었다.

"……?"

"죽여줬다, 황."

리베라가 흰 이를 드러내며 웃었다. 그제야 알았다. 선수들이 짜고 운비를 놀렸다는 것을. 미국 문화권이 아닌 곳에서 온 선수에게 간간이 써먹는 그 방법에 당한 운비였다.

"아, 진짜… 너까지……."

운비는 찰싹 달라붙은 리베라를 밀어냈다. 그래도 엉겨 붙는 리베라. 볼수록 정드는 놈이었다.

6회.

밀러와 운비의 등판은 거기까지였다.

7회 초가 되자 미국 대표팀의 마운드는 짐 그래버슨이 차지했다. 그 역시 알아주는 불펜. 상체를 많이 사용하는 유형으로 무브먼트가 좋은 공을 가지고 있다.

하지만 중계석은 여전히 운비와 밀러의 대결 이야기를 화제로 삼았다.

3 타자 연속 삼진 VS 4 배트 박살.

"오늘의 위너는 황입니다."

캐스터는 운비의 손을 들어주었다. 밀러의 세 타자 연속 삼진도 굉장하지만 루키 운비의 4 배트 박살 또한 뉴스가 되기에 충분했다. 게다가 숫자로는 운비가 하나 더 많았다.

이후 또 하나의 사건이 터졌다. 그 주인공은 리베라였다. 5번으로 나온 알비에스가 정강이를 맞으며 뽐에 맞는 공으로 살았다. 이어진 가르시아가 헛물을 켰지만 브레이브스에는 신성 리베라가 있었다.

네 번째 타자로 들어선 리베라. 그래버슨과 파울 실랑이 끝에 7구 패스트 볼을 노려 우중간을 꿰뚫었다. 휘어지는 슬라이더의 결을 밀어 쳐 장타를 만든 것이다. 공이 중계되었지만 알비에스는 전력으로 홈에 들어온 후였다.

"와우!"

2루 베이스를 장악한 리베라가 포효했다. 브레이브스 응원석은 열광의 도가니가 되었다.

"리베라! 리베라!"

첫 경기부터 강력한 인상을 심어준 리베라. 멀티 히트를 생산하며 브레이브스에 첫 득점을 안겨주었다. 아쉽게도 브레이브스의 분전은 여기까지였다. 28명의 선수 연봉이 무려 2억 2,000만 불을 상회하는 미국 대표팀은 8회 매커친의 솔로 홈런으로 한 점을 보태며 득점을 끝냈다.

게임 스코어 4 대 1. 미국 대표팀의 승이었다.

하지만 스니커 감독의 표정은 어둡지 않았다. 유망주들의 활약 때문이다. 리포터 리사의 멘트 또한 위로가 되기에 충분했다.

"오늘 브레이브스는 미국 대표팀에게 4 대 1로 졌습니다. 하지만 4 대 3으로 이긴 것도 있습니다. 바로 루키 황과 밀러의 맞대결이었습니다. 배트를 네 개나 부러뜨린 루키 황, 그리고 유일한 멀티 히트에 보살, 도루까지 기록한 리베라. 패하고도 웃는 이유가 여기에 있습니다."

리사는 운비와 리베라 가운데서 시니커 감독을 바라보며 익살맞은 포즈를 취했다. 스니커 감독은 또 웃을 수밖에 없었다. 헤밍톤과 윌리 윤도 그랬다.

승을 기록한 건 아니지만 내용 면에서는 괜찮은 한 판이었다.

"콜라 한 잔?"

리베라가 운비의 어깨를 툭 치며 말했다.

"네가 사라. 3안타 못 쳤잖아?"

"보살이 있잖아? 거기에 도루까지. 나 4안타나 다름없어."

"뭐 그렇다면 인정!"

"그런 의미에서 내가 산다."

"응? 쿠바식 계산법?"

"아니. 황 네가 대표팀 배트를 네 개나 박살 냈잖아? 나 그때 네가 삼진 잡는 것보다 시원했다."

"크흠, 그럼 한 잔 가지곤 안 돼."

"오케이, 아예 패스트푸드점 하나 렌트해 버릴까?"

"그것도 좋지."

"어유, 이 능청."

리베라는 곱슬곱슬한, 그러나 짧게 깎은 머리를 운비 가슴
에 들이대며 밀었다. 이래도 저래도 기분 좋은 날이었다.

6. 족집게 황운비

"어떻게 됐냐고?"

저녁 무렵 윤서에게 전화가 왔다. 운비는 대표팀과의 경기 결과에 대해 심드렁하게 대꾸했다.

"등판 안 했어?"

"하기는 했지."

"그럼……."

"……."

"결과가 안 좋았어?"

"조금."

"운비야."

"응?"

"힘내. 처음이라 긴장해서 그럴 거야. 다음에는 잘할 수 있어."

"나는 잘했는데?"

"응?"

"스코어는 졌지만 내 몫은 했어. 2이닝 무실점!"

"까악! 정말?"

"응."

"그런데 왜 시무룩?"

"누나 놀려주려고."

"야, 너 진짜……!"

"엄마 바꿔줘."

"엄마, 운비가 미국 대표팀하고의 게임에 등판해서 2이닝 무실점으로 호투했대요."

윤서의 비명과 함께 방규리의 목소리가 들려왔다.

"운비야!"

방규리의 목소리는 벌써 젖어 있었다. 차분한 그녀이지만 운비가 미국에 온 후로는 달랐다. 자나 깨나 아들 걱정하기는 소야도의 부모들과 다르지 않았다.

"다음에는 1승 소식 전할게요."

운비는 빙규리와의 통화를 간단히 마무리했다.

"좋아하시지?"

옆에 있던 월리 윤이 물었다.

"승도 아닌데……"

운비는 별것 아니란 듯 테니스공을 집어 들었다. 그때 숙소 문이 열렸다.

"어?"

월리 윤이 놀라 먼저 일어섰다. 안으로 들어선 사람은 뜻밖에도 스니커 감독과 헤밍톤 투수 코치였다.

"감독님."

테니스공을 누르던 운비도 벌떡 일어섰다.

"악력 강화?"

스니커가 물었다.

"예."

"어디 좀 볼까?"

그가 원하기에 운비가 공을 넘겼다. 스니커가 엄지와 검지로 눌렀지만 공이 튕겨나갔다.

"황 솜씨 좀 볼까?"

스니커가 손가락을 쓰다듬으며 말했다. 운비는 익숙하게 공을 눌렀다. 공이 쑥 들어갔다가 다시 제자리로 돌아왔다.

"굉장하군."

"고맙습니다."

"황은 저걸 화장실에서도 한다더군요. 결혼하면 신부 배 위에서도 할지 모르겠습니다."

헤밍톤이 조크를 날렸다. 분위기는 좋아 보였다. 최소한 나쁜 뉴스를 가지고 온 것 같지는 않았다.

"테니스공과 콜라."

스니커의 시선이 테이블로 옮겨갔다. 거기 다 마신 콜라 캔이 뒹굴고 있다.

"트레이드하기는 어렵겠죠? 골수 애틀랜타 시티즌이 된 것 같으니."

헤밍톤의 말이 운비의 귀를 자극했다.

'트레이드?'

"지금 난리도 아니라네. 쓸 만한 타자 하나 넘겨줄 테니 자네랑 바꾸자는 팀부터……."

"……."

"레즈와 카디널스, 다저스 쪽에서도 군침을 흘리더군. 갈 텐가?"

"코치님……."

"팀에 따라서는 선발 경쟁이 수월할 수도 있을 텐데……."

"그럼 가죠, 뭐."

운비가 화끈하게 대답했다.

"보젤의 말이 딱이로군요. 웬만한 일에는 놀라지도 않는 아이언 하트라더니……."

헤밍톤은 감독을 향해 어깨를 으쓱해 보였다.

"좋아, 빅 리거가 되려면 그 정도 근성은 있어야지."

스니커가 웃었다.

"고맙습니다."

"하트 단장도 고무되어 있더군. 자네와 리베라, 우리 구단 BFP가 헛물을 켜는 시스템이 아니라는 걸 보여주었네. 물론 시작에 불과하지만."

"앞으로도 최선을 다하겠습니다."

"그래야지. 덕분에 나도 여기저기 감독들에게 전화 받으니 기분이 좋다네. 전에는 늘 내가 사정하는 형편이었거든."

"……."

"그런데 말이야, 우리 단장은 자네를 한 번 더 검증하고 싶은 모양이야."

'검증?'

"한 번은 우연일 수 있지 않나? 누구든 딱 한 번은 펄펄 날 수도 있지만 두 번, 세 번이 되면 그건 실력이지."

"……."

시범 경기 선발?

운비의 머리에 그 단어가 꽂혀왔다. 하지만 그건 이미 토모에게 통보가 된 일. 그렇다면 토모에게 부상이나 컨디션 엉망 같은 악재가 나오지 않는 한 바뀔 수 없었다.

그럼 두 번째 게임?

두 한국인은 호흡을 멈춘 채 다음 말을 기다렸다.

"시범 경기 스케줄 표 있지?"

스니커가 헤밍톤을 돌아보았다.

"여기……."

"황에게 주게."

스니커의 말에 따라 아이패드가 운비에게 넘어왔다. 화면에는 토모가 선발로 나서는 블루제이스를 시작으로 애스트로스, 타이거즈, 카디널스까지의 선발투수, 불펜 투수 등에 대한 예정표가 있었다. 하지만 거기의 어디에도 운비의 이름은 들어 있지 않았다.

"……."

운비가 고개를 들었다. 그러자 헤밍톤이 손가락을 튕기며 말을 이었다.

"아차, 거기가 아니지."

헤밍톤이 화면을 밀었다. 그다음 스케줄이 나왔다. 그 첫머리에 뜬 팀은 양키스였다.

양키스.

그 아래로 다시 카디널스와 레드삭스, 필리스 등의 팀이 주

르특 뒤를 잇고 있다.

"어디가 마음에 드나? 헤밍톤의 생각과 맞는지 궁금하군."

스니커가 물었다. 운비의 손은 당연히 양키스를 짚었다.

"오호, 헤밍톤."

감독의 시선이 코치에게 향했다. 헤밍톤 역시 양키스를 짚은 모양이다.

"자네가 최고로 꼽는 양키스에게 매운맛을 보여주게. 우리 브레이브스의 BFP 시스템을 가장 평가절하한 게 그쪽이거든. 거긴 빅 마켓 중에서도 양대 산맥이라 머니게임으로도 얼마든지 좋은 유망주를 확보할 수 있으니까."

스니커의 두 손이 운비의 어깨에 올라왔다. 이 정도까지의 친밀감은 잘 표현하지 않는 스니커였지만 운비에 대한 신뢰가 싹튼 모양이다.

"……"

"게다가 양키스는 커터의 신으로 불리던 리베라가 있던 팀. 거기서 출발한 커터가 브레이브스에 와서 어떻게 진화했는지 보여주란 말일세."

"……"

"자신 있지?"

"예!"

운비는 시원하게 대답했다.

"좋아, 하트 단장도 좋아할 거야. 자네에게 반했는지 양키스 선발 라인에 대해 묻더군. 자네가 나가는 거냐고 말이야."

스니커가 손을 내밀었다. 선발 통보를 알리는 손길이다.

양키스전.

3월 1일로 예정된 원정 경기이다. 그 선발로 운비를 내세운 것이다.

"감독님."

밖으로 나온 헤밍톤이 스니커를 바라보았다.

"눈치챘군."

"단장의 오더가 맞군요?"

"오더라기보다 통했다고 보는 게 맞겠지."

"하지만 미국전부터 통하고 있습니다."

"단장과 감독이 잘 통하면 안 되는 건가?"

"트레이드 추진 중이죠? 오늘 걸려온 전화가 아니라 단장 주도하에?"

"그 양반 속을 다 알 수가 있나?"

스니커의 대답은 신중했다.

"지난번에 얘기하던 중견급 선발투수 영입 건이 마음에 걸립니다. 하트는 한번 생각하면 밀어붙이지 않습니까?"

"사고 칠까 걱정인가?"

"모르지 않습니까? 우리 선발을 주고 유망주를 데려왔으니 서꾸로 우리도 유망수를 내주고 원하는 선발을 데려올 수도……."

"트레이드는 빅 리그 경기의 일부라네. 우리가 단장 머릿속까지 관여할 수는 없네. 게다가 우리 주축 투수들은 너무 늙었고. 아시다시피 둘 다 1년 단기 계약 아닌가?"

"단장님."

"우린 개막전이나 준비하자고. 트레이드라는 건 말처럼 쉬운 게 아니니까."

스니커는 담담한 미소를 남기고 앞서 걸었다.

"헤이, 운비!"

감독과 헤밍톤이 멀어지자 윌리 윤이 손을 내밀었다. 둘의 손이 허공에서 짝 소리가 나며 마주쳤다.

"내가 뭐 잘못 들은 거 없지? 3월 1일 양키스 선발."

운비가 말했다.

"그 뒤에 덧붙인 말도 있는데."

"뭔데?"

"오늘처럼만 던져라."

"흐흠, 그건 잊어도 돼. 그날은 그날처럼 던질 거니까."

"어우, 이 똥배짱."

"기분 죽이는데? 혼자만 추가 훈련시킬 때는 시범 경기 참가도 못 하고 가방 꾸리나 싶었는데."

"거기서 한 방 더 보여줘라. 그럼 액티브 로스터 진입도 문제없을 거다."

"가만. 그냥 넘어갈 수 없지. 콜라 한잔?"

"기다려라. 내가 사올게."

월리 윤이 총알처럼 뛰어나갔다.

딸깍!

문이 닫혔다. 숙소 안에 운비만 남았다. 발소리까지 사라지자 맹렬한 적막이 운비의 귀를 울렸다.

마침내 시범 경기 선발 통보를 받았다.

그것도 양키스전이다.

비록 시범 경기이지만 양키스.

한번 붙어보고 싶어 몸살이 났던 그 명문팀.

운비의 기억은 몇 해 전으로 달려갔다. 28연패의 소야고. 그 와중에 맞서게 된 막강 공비고와의 친선경기. 그때 무승부를 기록하며 비로소 지옥의 터널을 빠져나온 소야고.

그날 공비고와 맞서던 고1의 운비. 겁 없이 꽂아대던 미완의 포심이 어느새 양키스 앞에 와 있었다.

'나이스!'라고 소리치지 않았다. 미국 대표팀에 맞서던 감격의 환호도 잊어버렸다. 운비는 테이블에 쌓인 자료를 당겼다. 거기에 양키스 뎁스 차트가 있다. 투수를 제치고 타자 편을 찾았다.

감격 따위는 개나 줄 일이었다. 마이너리그에서 뼈저리게 깨달았다. 감격이나 비장함만으로는 아무런 도움도 되지 않는다. 메이저에서 필요한 건 오직 실력이었다.

이미 수도 없이 본 자료집.

원정이다.

그렇다면 유망주는 물론 베테랑 타자들도 나올 수 있었다. 그렉 카스트로, 로날드 헤들리, 미켈 그레고리우스. 아, 그레고리우스는 WBC 참가 중이지. 그리고 애런 윌리엄스. 위엄으로 가득한 타자들이 스쳐 갔다. 토레스와 플레이저, 마테오 등 메이저리그 Pipeline이 선정한 10위권 내의 유망주들도 뒤를 이었다.

그중에서도 압권은 앨런 토레스이다. 레드삭스의 글렌 베닌텐디처럼 양키스를 대표하는 유망주. 그는 BA 랭킹과 MLB 닷컴 랭킹에서 모두 전체 2위를 기록한 샛별이다. 뛰어난 유격수 수비와 함께 타격까지 좋은 토레스. 지난해 애리조나 폴 리그(AFL)에서 리그 25년 역사상 최연소 타격왕 타이틀을 거머쥐기도 했다. 그렇기에 일찌감치 제2의 지터라는 기대까지 받는 선수. 하지만 그도 WBC에 나갔다. 한 명을 더하면 맥케니가 꼽힌다. 마이너리그에서 운비에게 한 방 제대로 먹인 타자. 그도 양키스의 캠프에 참여하고 있었다.

투수는 누가 나올까?

피네다? 사바티아?

아니, 어쩌면 그쪽도 유망주를 선발로 내세울 수 있었다.

양키스의 샛별을 꿈꾸는 투수도 한둘이 아니다. 클린트 쉐필드, 제임스 아체벨도, 조지 카프리에리안, 미구엘 테이트…… 한없이 깊은 양키스의 선수 뎁스.

머릿속에서 이미지트레이닝을 했다. 운비가 투심을 뿌린다. 커터를 날린다. 타자가 배트를 휘두른다. 배트 작살. 이번에는 반대 볼 배합. 한 방 먹어봐.

손에 들고 있던 테니스공이 날아갔다.

"억!"

하필 콜라를 들고 들어서던 윌리 윤의 이마에 맞았다.

"오늘은 뭔 뻘 짓을 해도 봐준다."

윌리 윤이 웃었다. 콜라를 들고 건배를 했다.

톡톡!

뱃속에 짜릿함이 번져갔다. 그만큼 운비의 각오도 짜릿해지고 있었다.

*　　　　*　　　　*

2월 말.

기다리던 시범 경기 문이 열렸다. 첫 상대는 블루제이스였다. 블루제이스는 타선의 팀이다. 2년 전만 해도 그랬다. 짐 도널슨과 애런 바티스타, 재키 엔카나시온으로 이어지는 타선은 각종 차트의 상위를 독차지할 정도였다.

하지만 작년에 상황이 변했다. 포스트 시즌에 나가기는 했지만 그 비중은 선발투수로 바뀌었다. 블루제이스의 선발투수들은 1,000이닝 가까이 먹어치우며 선발투수 소화 이닝 1위를 차지했다. 평균 자책 또한 3점대로 아메리칸리그 1위를 마크했다.

2017년 최고의 변화는 재키 엔카나시온의 인디언스 이적이었다. 팀의 주춧돌 하나가 빠진 것. WBC에도 선수 몇 명을 보냈다. 미들맨의 꼭대기에 자리 잡고 있는 미키 오수나도 그중 하나였다. 엔카나시온이 빠졌고, 블루제이스 마운드의 핵인 앤드류 산체스가 나올 리는 없지만 그래도 포스트 시즌에 진출한 팀. 연패를 오가는 언더독 브레이브스 신세로는 벅찬 상대가 분명했다.

스타팅 멤버가 결정되었다.

1번 타자: 리베라(RF)

2번 타자: 스완슨(SS)

3번 타자: 투와소소포(1B)

4번 타자: 켐프(LF)

5번 타자: 존슨(CF)

6번 타자: 알비에스(2B)

7번 타자: 가르시아(3B)

8번 타자: 스즈키(C)

9번 타자: 마이탄(DH)

선발투수: 토모

미국 대표팀과 붙던 때와는 오더가 달랐다. 리베라가 리드오프로 간 것도 놀라웠고 또 하나의 유망주 마이탄이 들어간 것도 놀라웠다. 거기에 토모까지 더하면 거의 절반 이상이 지난해의 파이널 오더와 다른 형태였다.

리베라는 활력이 넘쳤다. 찰고무 같은 근육을 불뚝거리며 멀티 히트를 벼르고 있었다. 몸을 풀 때 운비가 프리배팅 볼 몇 개를 던져주었다. 두 개는 펜스까지 날아갔다.

"와우!"

리포터 리사가 그냥 넘어갈 리 없었다. 찰싹 붙어 있는 운비와 리베라를 한 앵글 안으로 밀어 넣었다.

"올해 브레이브스의 새로운 수호신들입니다. 오늘 예상 한 번 들어볼까요?"

블랙 숏 팬츠에 블라우스를 받쳐 입은 그녀는 우아함과 섹

시함이 공존하고 있었다. 뭘 입어도 잘 어울리는 여자. 몇 번 보지 않았지만 볼 때마다 누나 윤서를 떠올리게 하는 자태였다.

"우리가 이깁니다. 투데이 위너는 브레이브스!"

리베라가 익살을 떨었다.

"황은요? 오늘은 출전하지 않는다고 하던데요?"

"당연히 이겨야죠. 저는 못 나가도 리베라가 있지 않습니까?"

운비의 느긋함도 리베라에 뒤지지 않았다.

"어떤 경기에 등판할 예정이죠? BBC가 그리워져서 말이에요."

"BBC?"

"Bat Break Cutter. 지난번에 미국 대표팀 방망이 박살 낸 공."

"하핫, 그거야 감독님이 결정할 문제죠."

운비가 말했다. 리포터가 모른다면 아직 공식 발표를 하지 않았다는 것. 공연히 먼저 입을 놀려 좋을 건 없을 것 같았다.

"좋아요. 우리 스코어 맞히기 내기할까요?"

리사가 뜻밖의 도발을 해왔다.

"4 대 3. 뭐든 짜릿한 게 좋으니까."

리베라의 선택은 주저가 없었다.

"저는 7 대 4?"

운비의 선택은 두 배쯤 높았다. 투수들의 몸이 풀렸다지만 아직 시즌 개막전. 어쩌면 타격전이 될 수도 있었다.

"그럼 나는 중간인 5 대 3으로 하겠어요."

"물론 브레이브스가 5겠죠?"

운비가 물었다.

"쏘리. 난 블루제이스 쪽이에요. 황이 나오지 않는다면."

"지면 밥 사기예요."

오기가 발동한 리베라가 마지막 정리를 했다. 개막 시간이 다가온 것이다.

"잘해라. 1번부터 죽 쑤면 곤란해."

"걱정 마셔. 1번으로 나가면 잘하면 3안타 가능하겠는데?"

리베라는 운비의 엉덩이를 치고 글러브를 챙겼다. 리베라의 1번은 사실 처음이 아니었다. 그는 운비보다 마이너리그에서 많이 뛰었다. 때로는 간간이 1번을 맡았다. 3번과 5번을 친 적도 있었다. 한마디로 그는 어떤 자리에 가져다 놔도 제 역할을 할 재주꾼이었다.

블루제이스의 선발은 제임스 로렌스. 산체스나 에스트라다가 아니었다.

선공은 블루제이스 쪽이었다. 마운드에 올라선 토모가 연습구를 뿌리며 영점 조절을 끝냈다.

1회 초.

토모의 공은 잘 긁혔다. 종으로 변하는 투심도 나쁘지 않았고 궤적이 다른 슬라이더도 타석을 파고들었다. 3번 타자 모라레스에게 우전 안타를 맞았지만 4번을 100㎞/h짜리 커브로 돌려세웠다. 1회의 백미였다.

1회 말.

리베라가 타석에 들어섰다. 출루율도 좋고 도루도 나쁘지 않은 리베라. 로렌스 투수를 맞아 7구까지 실랑이를 벌였다. 그리고 8구째.

로렌스의 선택은 포크볼이었다. 움찔 방망이를 돌리던 리베라의 어깨가 급브레이크를 밟았다. 포수는 당장 1루심을 가리켰다. 1루심은 돌지 않았다는 판정을 내렸다.

화면에 그 장면이 나왔다. 정말이지, 아슬아슬한 차이였다. 그 또한 리베라의 장점이었다. 풀카운트를 만든 리베라. 투수의 눈을 쏘아보고 있었다. 로렌스의 8구가 날아왔다.

짝!

방망이가 제대로 돌았다. 공은 좌익수 방면으로 빠르게 날아갔다.

'좌익수 오버!'

더그아웃의 운비의 주먹이 저절로 쥐어졌다. 순간, 미친 듯이 폭주하던 좌익수가 활처럼 팔을 뻗었다.

"……!"

몸서리치던 운비의 몸에 힘이 풀렸다. 믿기지 않게도 공이 글러브에 빨려들어 간 것이다. 좌익수는 두 바퀴를 구르다 무릎으로 일어섰다. 공은 글러브 안에 있었다. 엄청난 호수비가 리베라의 2루타를 먹어치우는 순간이었다.

리베라는 2루까지 갔다가 걸어 나왔다. 그래도 웃고 있다. 그래서 리베라였다.

이어진 타석에서 스완슨과 3번 타자가 물러났다. 스완슨은 중견수 플라이였고 3번은 2루수 땅볼이었다.

2회 초.

블루제이스의 5번 바티스타가 초구를 휘둘렀다. 포수의 미트가 가리킨 곳은 바깥쪽. 그러나 안으로 살짝 쏠린 공이 정타를 맞은 것이다. 공교롭게도 리베라의 타구와 같이 좌익수 쪽이었다. 하지만 힘이 실린 공은 좌익수 키를 넘어버렸다. 외야수들이 가장 어렵다고 말하는 머리 위의 공, 바로 그 공이었다.

노아웃 2루.

핀치에 몰린 토모였지만 흔들리지 않았다. 6번에게 슬라이더를 던져 땅볼을 유도해 냈다. 7번까지 파울플라이로 잡으며 투아웃. 토모는 그제야 숨을 돌렸다.

그게 독이었다. 투아웃이 되면 대개 투수들의 긴장이 살짝 풀리는 타임. 그때 들어선 8번 타자에게 2루수 옆을 꿰뚫는 단타를 맞았다. 느린 커브였기에 타구도 빠르지 않아 5번 타자가 홈을 밟고 말았다.

1 대 0.

블루제이스에게 선취점을 주고 말았다. 토모의 얼굴이 일그러졌다.

3회, 두 팀의 공방은 0을 찍으며 성과를 보지 못했다. 토모는 3안타 1실점을 안은 채 마운드를 내려왔다.

"빠가야로!"

더그아웃에 들어선 토모의 일성이다. 그는 더 던지고 싶었다. 하지만 시범 경기 등판을 바라는 투수가 너무 많았다.

4회 초.

토모 뒤에 들어간 투산이 실투를 했다. 연속 볼넷을 준 후 3번 모라레스에게 우익수를 넘어가는 싹쓸이 2루타를 얻어맞은 것. 모라레스의 멀티 히트. 엔카나시온이 빠진 자리를 잘 메우고 있었다.

스코어는 3 대 0.

다행히 타자를 2루에서 잡았다. 오버런을 계산한 리베라의 빨랫줄 송구 덕분이다. 스완슨이 공을 받아 모라레스를 아웃시켰다. 투산의 역할은 거기까지였다.

4회 말.

6번 타자로 나온 알비에스가 사고를 쳤다. 바뀐 투수의 체인지업을 밀어 우익선상을 평행으로 타고 나가는 2루타를 뽑아낸 것. 7번 가르시아는 중견수 플라이로 물러났지만 스즈키가 볼넷을 얻었다.

원아웃에 1, 2루.

9번으로 나온 마이탄이 친 타구가 재미난 곳에 떨어졌다. 투수와 1루수, 2루수의 중간이었다. 게다가 툭 떨어진 후 거의 구르지 않았다. 투수가 잡았지만 베이스가 비었다. 브레이브스는 원아웃 만루의 기회를 잡았다.

"리베라!"

배트를 조율하는 리베라의 등에 대고 운비가 외쳤다. 리베라가 돌아보았다. 운비가 주먹을 쥐어 보였다. 둘의 대화는 그것이면 충분했다.

초구 패스트 볼을 그대로 보낸 리베라. 2구로 들어온 커브에 방망이를 돌렸다. 공은 3루수와 유격수 사이를 뚫고 좌익수 앞으로 굴러갔다. 3루 주자가 들어오고 2루 주자도 들어왔다. 리베라의 2타점 안타였다. 1루 베이스를 차지한 리베라가 키스를 한 손을 팬들 쪽으로 흔들었다.

"와아아!"

팬들이 열광했다. 시범 경기 첫 출전. 그 첫 안타를 2타점으로 장식한 리베라였다.

3 대 2로 한 점 차이.

게임은 바야흐로 열기 속으로 빠져들었다. 블루제이스는 바로 리드 폭을 넓혔다. 이어진 5회 초에 솔로 홈런으로 브레이브스의 추격 의지에 찬물을 부었다. 하지만 이날의 나이키, 즉 승리의 여신은 브레이브스 쪽에 키스를 보냈다.

5회 말.

그 키스가 절정에 달했다. 4번 켐프의 안타가 조짐이었다. 그로부터 시작한 타순은 마이탄을 거쳐 리베라에게까지 돌아왔다. 리베라는 우전 안타로 타점을 추가했다. 이 회에 브레이브스가 올린 점수가 무려 4점이었다.

6 대 4.

6회가 되자 양 팀은 여러 선수를 교체하며 기회를 주었다. 브레이브스는 8회, 교체된 선수들이 징검다리 2루타로 한 점을 추가했다. 마무리 투수로 나온 애먼드 잭슨이 뒷문을 걸어 잠갔다.

7 대 4.

브레이브스는 시범 경기 개막을 승리로 장식했다.

이날의 히어로는 리베라. 브레이브스가 뽑아낸 11안타 중에서 알짜 두 개를 차지했다. 3타점을 올린 것이다. 수비도 스포트라이트를 받았다. 4회 초 2루타를 친 타자를 잡은 게 그것이다.

경기가 끝나자 리사가 출동했다. 리베라를 그냥 두지 않았다. 리베라는 특유의 익살로 브레이브스 팬들에게 즐거움을 안겨주었다.

인터뷰가 끝나자 리사가 운비를 불렀다.

"헤이, 황."

"나요?"

운비가 다가갔다.

"오늘의 MVP는 리베라예요."

"물론 알고 있지요."

"당신은 그보다 더한 것도 알고 있었지요?"

"예?"

"게임 결과."

"……!"

운비가 파뜩 고개를 들었다. 리사의 눈총을 받자 그제야 생각이 났다. 게임에 몰입하느라 까마득히 잊어버린 그것. 바로 게임 시작 전에 한 스코어 맞히기이다.

운비의 선택은 7 대 4.

전광판을 보니 딱 그 점수가 찍혀 있다.

"으앗, 그러고 보니 정말 그러네. 황!"

리베라가 펄쩍 뛰어 운비를 올라탔다. 본의 아니게 족집게가 되어버린 운비.

"두 사람, 진짜 브레이브스의 수호신이 될 거 같아요. 나도 이거 올해의 예지력이라고 블로그에 공개해야겠어요."

리사가 웃었다. 호감이 담뿍 담긴 미소였다.

라커의 분위기도 좋았다. 첫 단추를 잘 꿴다는 것, 그건 동서양을 막론하고 기분 좋은 일이었다.

"다들 수고했어."

켐프가 목청을 높였다. 클럽하우스의 분위기는 그와 필립스가 이끌고 있었다. 필립스는 레즈에서도 그랬다. 하지만 단한 사람, 토모만은 썩은 표정이다.

"헤이, 이리 오라고."

켐프가 토모를 불렀다. 헤드폰을 쓴 토모는 고개만 들 뿐별다른 반응을 보이지 않았다.

"저 자식, 리베라가 패전될 거 구제해 줬는데……."

실바가 눈총을 주었다. 그래도 토모는 자기 기분에 충실할 뿐이었다.

"그냥 두세요. 내가 아니어도 누군가가 역전타를 쳤을 테니까요."

리베라가 웃었다. 멘탈조차 끝내주는 리베라였다.

토모는 끝내 혼자 라커를 나갔다. 승리투수가 되지 못한 게 기분 나쁜 걸까, 아니면 8번 타자에게 맞은 게 아쉬운 걸까? 나름 호투를 했건만 그의 기대감에는 미치지 못한 모양이다.

밤이 되자 반가운 손님이 찾아왔다. 보젤과 케빈이다. 운비와 리베라에게는 스승과도 같은 존재들. 그들과 함께 식사를 하게 되었다.

"리베라, 오늘 펄펄 날았다면서?"

케빈이 좋아했다.

"에, 겨우 멀티 히트였는데요, 뭐."

리베라는 여전히 자신감에 넘쳤다.

"겨우라니? 수비도 좋았잖아?"

"수비야 기본이죠."

"얼쑤, 빅 리그 10년 차는 된 것 같은 말투인데?"

"그렇죠? 나 잘하고 있죠?"

"그래, 잘할 때 조심해라. 신인들은 그럴 때 오버 페이스가 일어나거든."

"옙, 명심하겠습니다."

리베라가 대답했다.

"아, 다음, 그다음 게임에서 카디널스하고 붙던데?"

보젤이 화제를 돌렸다.

"우승환 선배가 있는 팀이죠."

"맞아. 카디널스의 새로운 수호신. 하지만 그는 지금 WBC 참가 중이지?"

"예. 코리아가 꼭 본선에 나올 겁니다."

운비의 목소리에 힘이 들어갔다. 한국 야구, 거기에는 묘한 기류가 있었다. 국제대회에 강한 게 그것이다. 월드 베이스볼 클래식에서 그랬고 베이징올림픽에서 그랬다. 선수 하나하나를 놓고 보면 강팀이 아니지만 시너지 효과를 가장 잘 내는 팀이 한국이었다.

"그럴까? 이번 코리아 팀은 좀 약체라던데?"

보젤은 회의적이었다.

"나온다니까요. 코리아는 늘 그래왔거든요."

"WBC에 간 건 우승환뿐이니 다른 선수들은 볼 수도 있겠군. 박방호와 김연수, 트윈스와 오리올스에 있지?"

"예."

"스프링캠프가 달라 만나지는 않겠지만 타석에 서면 한 방 먹여줄 자신 있나? 커리어로 보면 그들이 우리 황을 우습게 알지도 모르는데."

"승부라면 해야죠. 타석에 들어서면 그게 누구건 그냥 타자일 뿐입니다."

"오케이. 역시 황의 마인드는 특급이라니까."

"아, 황은 양키스전 선발 내정이라지?"

맥주를 마시던 케빈이 끼어들었다. 오기 전에 스니커를 만난 두 사람. 거기서 말이 나온 모양이다.

"어떻게 생각해?"

보젤이 운비를 바라보았다.

"뭘요?"

"양키스전 말이야. 우리 소속 디비전도 아닌데 왜 하필 양키스전 등판일까? 월드시리즈 기분 내는 것도 아닐 테고."

"보젤도 그러지 않았나요?"

"나야 특별한 목적을 가지고 조련 중이었으니까."

"스니커 감독님도 저를 특별히 조련 중인가 보죠."

"……!"

운비의 대답에 보젤의 미간이 좁혀졌다. 뼈가 있는 말. 그러나 운비는 자신의 위치를 정확하게 캐치하고 있었다.

"역시 황은 긍정의 화신이라니까."

"땡큐."

"아무튼 서전 승리에 더해 양키스까지 한 번 누르고 시작하면 선수단 분위기가 업될 수 있으니까 미국 대표팀 때처럼 던져보라고. 마운드에서는 신인이든 고참이든 평등하니까."

"흐음, 아무래도 지중해 티켓을 끊어두신 모양이군요?"

"지중해?"

"비키니 미녀 끼고 휴가 갈 거라면서요?"

"아, 그거……."

"걱정 말고 예약하세요. 제가 반드시 빅 리거로 살아남을 테니까요."

"그럼 환불하게 되면 위약금도 황이?"

"노 프로블럼."

"하핫, 말로는 못 당한다니까. 누가 황을 스무 살로 보겠어?"

"마운드 위에서는 능구렁이가 되어야 한다고 가르친 게 누군데요."

"하지만 여긴 마운드가 아니잖아?"

"마운드에서 그러려면 평소에도 그래야 하거든요."

"황 Win, 보젤 Lose."

케빈이 대화를 종결지었다. 넷은 화기애애하게 웃으며 식사를 마쳤다.

7. 양키스를 잡다 Ⅰ

기세만 좋았다. 첫 경기 이후 브레이브스는 2연패를 당했다. 에스트로스와 타이거즈에게 잇달아 물린 것이다. 에스트로스에게는 2 대 3으로 석패를 당했다. 타이거즈전 역시 난타전 끝에 무릎을 꿇었다. 뒷심 부족이었다.

그리고 4차전.

딕키와 토모, 실바와 크롤로 이어지는 4각 계투가 환상을 이루었다. 결과는 4 대 0. 무려 영봉승이었다. 4점 중의 1타점은 리베라가 만들었다. 알비에스도 모처럼 멀티 히트를 치며 코칭스태프의 주목을 받았다.

이날의 히어로는 토모였다. 3회 무사 1루에 등판한 토모는 작심한 듯 도발적인 슬라이더를 선보였다. 총 일곱 타자를 상대하며 삼진 두 개를 잡았다. 볼넷이 하나 나온 게 아쉬웠지만 승리투수를 거머쥐었다.

그날 토모는 클럽하우스에서 아주 느긋했다. 하지만 역시 선수단에서 겉돌아 고참 선수들의 눈총을 받았다.

"헤이!"

클럽하우스를 나설 때 토모가 운비를 불렀다.

"왜요?"

운비가 돌아섰다.

"저것 좀 부탁해."

토모가 라커를 가리켰다. 불펜에서 챙겨온 물건들이 거기 나뒹굴고 있었다. 빅 리그에는 선후배 관계 같은 건 없다. 자기 일은 자기가 할 뿐이다. 하지만 그것이 모든 것에 통용되지는 않았다. 원정행 비행기를 탈 때 맥주나 음료 챙기기, 경기 후 불펜 물품 정리 등은 루키들의 몫이다. 빅 리그도 사람 사는 곳이기에 밖과 크게 다르지 않았다.

"아니, 그걸 왜 황에게?"

리베라가 발끈했지만 운비가 말렸다. 토모는 헤드폰을 쓴 채 콧노래를 흥얼거리며 문을 나갔다.

"아, 저거 진짜……."

리베라가 인상을 찡그렸다.

"왜 그래? 기분 좀 업된 모양인데. 하나씩 들고 나가자."

두 개의 짐을 하나씩 나누었다. 운비도 토모도 스프링캠프
는 처음이다. 그러나 다른 구단에서 온 토모는 빅 리그 짬밥
이 있었다. 게다가 오늘의 승리투수. 기분 좀 살려주는 것도
나쁘지 않을 것 같았다.

'이안 맥케니……'

숙소의 소파에 기댄 운비는 허공에 맥케니의 얼굴을 띄워
놓았다. 마이너리그에서 운비에게 매운맛을 보여준 양키스의
미래로 양 날개에 꼽히는 선수 중의 하나인 맥케니. 그의 기록
지를 들었다.

오늘까지 양키스는 5승 1패의 성적을 거두었다. 과연 명문
팀은 시범 경기에서도 달랐다. 40인 로스터와 초청 선수들을
고루 기용하면서도 승수를 차곡차곡 쌓아갔다.

맥케니는 네 게임에 나왔다. 시범 경기 타율은 홈런 하나를
포함해 0.322였다. 지난해 후반기에 빅 리그의 콜업을 받은
맥케니. 3루 수비에서도 에러 없이 안정적이었다. 어쩌면 올해
부터는 붙박이 주전이 될 것으로 보였다.

'오랜만에 볼 수 있겠군.'

운비는 맥케니의 자료를 내려놓았다. 반갑게 만나려면 수
면이 필요했다. 수면도 좋은 투구를 할 수 있게 해주는 길 중

하나니까.

아침은 흐렸다. 일찌감치 일어난 운비는 트레이닝 센터에서 가볍게 몸을 풀었다. 혼자가 아니었다. 운비가 문을 열었을 때 그 안에는 이미 토모가 있었다.

"안녕하세요?"

운비가 인사를 했지만 그는 받지 않았다. 개의치 않고 옆자리로 가서 운동을 시작했다. 토모가 일어나 다른 기구로 옮겨 갔다. 한 번 더 쫓아갈까 하다가 그만두었다. 아무래도 토모는 포수 로커와 함께 예민한 성격의 소유자 같았다. 그래서인지 둘은 잘 맞았다. 로커도 이상하게 토모에게만은 딴죽을 거는 일이 없었다.

세 번째로 들어선 건 리베라였다.

"토모 아냐?"

운비 옆으로 온 리베라가 물었다.

"그렇지?"

"그래도 열심이네?"

"보기 좋지?"

"절대."

리베라가 고개를 저었다. 그 역시 토모는 비호감인 모양이다.

"나 보고 싶어서 왔냐?"

"노. 너야 네가 알아서 하는 인간이잖아?"

"말이라도 고맙다."

"오늘도 삼진 세 개는 잡아라."

"방망이는 몇 개 부러뜨릴까?"

"그건……."

리베라가 고개를 갸웃거렸다.

"왜? 안될 거 같아?"

"원조 커터 명인이 있던 곳이잖아? 커터는 눈에 익지 않았을까?"

"선수도 많이 바뀌었고… 원래 등잔 밑이 어두운 법이거든."

"흐음, 한마디도 안 진단 말이지."

둘은 주거니 받거니 대화를 나누며 몸을 풀었다.

식사 후에 숙소로 돌아온 운비는 한국에서 온 문자를 확인했다. 한둘이 아니었다. 인스타그램과 팬클럽도 둘러봤다.

―양키스, 폭풍 통곡의 날.

―3이닝만 퍼펙트하게 부탁해요.

―3―3―3, 3이닝, 3삼진, 3배터 박살.

―배트값은 형이 낸다.

―삼진으로 상처 난 마음에는 태일밴드 붙여주는 센쑤.

재미난 댓글 몇 개를 확인하고 노트북을 닫았다. 이제는 출전 준비를 할 시간이었다.

식사는 가볍게 먹었다. 선발투수들은 대개 탄수화물 중심으로 식사한다. 하지만 시범 경기는 긴 이닝을 던지지 않으니 그리 크게 개의치 않았다.

'다녀올게.'

숙소를 나서기 전 운비는 게임기를 쓰다듬었다. 습관처럼 On, Off 스위치도 움직여 보았다. 오늘도 게임기에는 불이 들어오지 않았다.

경기장에 도착해 유니폼 바지를 입었다. 클럽하우스에 빈자리가 보이기 시작했다. 이제 고작 네 게임을 소화한 시범 경기. 부상자를 비롯해 두어 명이 방을 뺀 것이다.

잠시 후 팀 미팅이 시작되었다. 양키스의 최근 경기 영상을 보고 간단한 분석을 들었다.

1번 타자: 가드너(LF)

2번 타자: 맥케니(3B)

3번 타자: 카스트로(2B)

4번 타자: 버즈(DH)

5번 타자: 채지만(1B)

6번 타자: 라미네즈(C)

7번 타자: 힉스(RF)

8번 타자: 저지(CF)

9번 타자: 토레스(SS)

선발투수: 알버트 쉐필드

양키스의 라인업에도 새 얼굴이 많았다. 선발투수도 유망주에서 올렸고 타순에는 새 얼굴을 네 명이나 포진시키고 있었다.

"요즘 버즈가 날고 있군. 진짜 날개라도 솟은 모양이야."

스니커 감독이 혀를 찼다.

"루키 맥케니도 잘나갑니다. 타율 0.336에 OPS가 무려 1.640입니다."

타격 코치 로스가 첨언을 했다. 헤밍톤은 그저 운비를 바라보며 웃었다. 카스트로가 강조되고 가드너도 주목을 받았다. 하지만 운비의 눈은 2번으로 나오는 맥케니에게 꽂혀 있었다. 진짜 잘나가고 있었다. 타율과 OPS가 다 좋았다.

'땡큐.'

진심으로 웃었다. 운비에게 각성을 준 타자였으니 죽을 쑤고 있다면 기분 더러울 일이었다. 흥미로운 건 채지만이었다. 그는 초청 선수 자격으로 스프링캠프에 합류했다.

그에게 유망한 포지션은 1루. 그러나 양키스의 1루에는 미겔 버즈와 애런 오스틴이 버티고 있다. 오스틴이 발목 부상으로 6주짜리 부상자 명단인 DL에 올랐다지만 둘 다 넘보기 쉬운 선수가 아니었다.

이어 코치와 배터리 미팅을 했다. 오늘의 선발포수는 스즈키였다. 타자들에 대한 이야기를 나누고 트레이너와 스트레칭을 시작했다. 마사지도 병행했다.

마침내 상의를 입었다. 88번. 전후좌우 어디로 봐도 88로 보이는 넘버. 운비는 이 백넘버를 좋아했다. 불펜 피칭을 앞둔 마지막 몸풀기는 러닝과 하체 스트레칭이다. 대들보를 야들야들하게 풀어놓아야 했다. 그게 뻣뻣하면 다른 부분과 유기적인 연결이 쉽지 않았다.

불펜 투구는 메간이 도와주었다. 아, 그 또한 토모에 버금가는 싸가지파. 그래도 선발투수들에게는 짜증 작렬이 심하지 않아 다행이었다.

아웃코스에 인코스로 옮겨가는 조율로 스트라이크존을 잡았다. 불펜 피칭을 마치고 나니 게임 시작 20분 전이다.

관중석에 단장 하트가 보였다. 검은 선글라스를 꼈지만 금세 표시가 났다. 다른 경기에는 보이지 않던 하트가 양키스전에는 직접 관전에 나섰다. 운비를 보고 손을 들어 보인다. 잘하라는 거겠지. 그의 마음에도 양키스가 라이벌로 있는 걸까?

"황!"

배트를 닦던 리베라가 운비에게 턱짓했다. 양키스 쪽이다. 바라보니 채지만이다. 그가 손을 흔들고 있었다. 운비도 화답해 주었다. 경기장 안에서 처음 만나는 한국인 선수. 같은 편이 아니라 아쉬웠다.

'좋은 결과 있기를……'

운비는 마음으로 말했다. 채지만도 같은 생각일 것으로 믿었다.

1번 타자: 스완슨(SS)

2번 타자: 리베라(RF)

3번 타자: 가르시아(3B)

4번 타자: 켐프(LF)

5번 타자: 존슨(CF)

6번 타자: 알비에스(2B)

7번 타자: 아르나드(1B)

8번 타자: 스즈키(C)

9번 타자: 마이탄(DH)

선발투수: 황운비

브레이브스의 선발진 면모도 나왔다. 타순에 약간의 조정이 있었다. 스완슨이 리드오프를 맡고 리베라가 2번으로 갔다. 5번이나 6번을 치던 가르시아가 3번을 맡았다. 나머지 타순은 크게 변동이 없었다.

마침내 경기가 시작되었다. 운비는 마운드를 향해 달렸다. 누가 보면 외야수인 줄 알 정도였다. 투수판을 확인하고 마운드를 골랐다. 로진백으로 손가락의 습도도 조절했다.

'양키스……'

미국 대표팀을 맞을 때와 감회가 달랐다. 꿈처럼 되뇌던 구단이다. 그런 팀을 지금 운비가 상대하게 된 것이다. 공비고의 3번, 4번과 맞설 때도 심장이 불뚝거리던 운비. 오늘도 그 치열한 설렘은 다르지 않았다.

양키스.

두근두근.

양키스.

두근두근.

두려움이 아니라 설렘이었다.

좌타석에 메이슨 가드너가 들어섰다.

"Go! Go! 황!"

우익수 자리에서 리베라가 외쳤다.

땡큐.

씨익 웃어주고 포수를 향했다. 포수의 눈동자가 매의 눈처럼 시각에 맺혀왔다. 타조의 신성 시력이 발동된 것이다.

'시작해 볼까?'

스즈키 포수가 미트를 두드렸다.

'좋죠.'

'포심으로 스타트?'

'좋죠.'

글러브 안에서 공을 잡았다. 매직 존에는 스산한 청색이 많았다. 콜드 존이 강하다는 건 최근 잘 맞고 있지 않다는 반증이기도 했다. 가드너의 핫 존은 정통 한가운데와 거기서 몸 쪽으로 공 하나 낮은 쪽, 그리고 바깥쪽 높은 공이었다. 취약점은 바깥쪽 거의 전부, 그리고 무릎 아래의 안쪽이었다.

'황운비.'

마법을 걸 듯 자신의 이름을 불렀다.

1회 초.

'잘해보자.'

스스로를 다독거렸다. 그렇다고 너무 비장하지는 않았다. 힘차게 킥을 한 운비는 초구로 포심을 뿌렸다.

짝!

가드너의 방망이가 돌았다. 공은 땅볼이 되며 스완슨 앞으로 굴러갔다. 경쾌하게 스텝을 맞춘 스완슨이 1루에 송구해 타자를 잡았다.

원아웃!

초구 카운터라니? 그저 고마울 뿐이다.

2번으로 맥케니가 들어섰다. 홈 플레이트를 조율한 그의 배트가 타격 자세를 취했다. 감회가 새로웠다. 이렇게 다시 만나다니? 후반기 빅 리거로 뛴 맥케니. 스프링캠프에서도 그 감이 이어지고 있었다. 무려 3할을 때리고 있는 것. 더욱 고무적인 건 OPS였다. 선구안까지 좋은 것이다.

'헤이, 우리 오랜만이지?'

인사는 몸 쪽으로 바짝 붙는 포심으로 결정했다. 작심하고 실밥을 긁어주었다. 존을 타고 들어간 공이 플레이트 앞에서 부유하듯 출렁거리며 휘었다.

"스뚜라악!"

주심의 주먹이 불끈거렸다. 볼 끝도 괜찮았다. 마운드의 운비가 느낄 정도였다.

'굿.'

스즈키의 사인도 만족스럽게 나왔다.

하지만 맥케니는 무표정했다. 배트는 미동도 하지 않았다. 그날처럼 홈런을 노리는 걸까? 갈기를 숨겨두었다가 한 방 쾅?

'칠 테면 쳐봐.'

2구가 날아갔다. 같은 코스를 노린 커터였다. 맥케니의 방망이가 나왔지만 플레이트 앞에서 급브레이크를 밟았다. 배트가 돌지 않은 것이다. 노련한 스즈키가 1루심에게 콜을 확인했다. 심판은 얌전히 날개를 펼 뿐이다.

커터도 괜찮았다. 거의 같은 구속으로 날아가다 홈 플레이트를 코앞에 두고 휘었다. 맥케니가 움찔한 건 아마 슬라이더로 알아서일 가능성이 높았다.

'체인지업 하나.'

포수의 미트가 아웃코스로 이동했다. 걸리면 다행이고 아니더라도 타이밍 분산. 스즈키의 바람대로 바깥쪽으로 향하는 체인지업을 구사했다.

"뽀올!"

공 하나가 빠졌다. 이번에도 맥케니의 배트는 어깨에서 잠시 흔들릴 뿐이었다.

'이 자식, 포심을 노리나 본데?'

스즈키의 사인이 바빠졌다.

'주죠.'

'뭐라고?'

'포심 주자고요.'

'황.'

'바깥쪽으로 조금 낮게. 어때요?'

'뭐 그렇다면야…….'

포수가 미트를 내밀었다. 4구가 날아갔다. 153㎞/h를 찍은 포심이었다. 방망이가 돌았다. 공은 3루 쪽 관중석으로 넘어갔다. 역시 포심을 노리는 모양이다.

'같은 쪽 커터.'

스즈키의 판단은 빨랐다. 운비 역시 공감했다.

볼카운트 2—2.

와인드업을 한 운비의 손에서 커터가 떠났다. 조금 전 포심에서 공 하나 낮은 바깥쪽이었다.

부웅!

맥케니의 배트가 나왔다. 하지만 공과 배트는 서로 만나지 못했다. 맥케니의 눈가에 아뜩함이 스쳐가는 게 보인다. 포심인 줄 알았더니 커터. 무브먼트가 완전히 다른 공이었다. 그러나 투 스트라이크. 더는 기다리거나 골라낼 여유가 없던 것.

"……!"

주심의 쿨한 아웃 콜은 귀에 들어오지 않았다. 운비의 마음속에 들어온 짜릿함 때문이다.

이 맛에 투수를 하지.

상큼 짭짤한 복수였다.

3번 카스트로가 성큼성큼 타석에 들어섰다. 그 역시 시범 경기에서 무려 0.400을 치고 있는 타자였다. 컨디션이 최고조에 이른 것이다. OPS도 1,100을 찍고 있어 선구안도 나쁘지 않았다.

초구로 커터를 안겨주었다. 카스트로가 적극 스윙으로 맞섰다.

짝!

소리와 함께 방망이 반쪽이 그라운드로 날아왔다. 공은 파울이 되었다. 운비의 커터가 부러뜨린 첫 방망이였다.

"아, 드디어 시작이군요?"

중계석의 캐스터들이 그냥 지나갈 리 없었다.

"오늘은 몇 개나 부러질까 궁금한데요?"

"그러게요. 선발이라면 2, 3이닝 정도 던질 테니… 지난번 페이스라면 네 개 이상은 문제없지 않을까요?"

"오늘 이 경기, 원조 커터 명인 리베라가 보고 있는지 모르겠군요."

"만약 그렇다면 감회가 새로울 겁니다. 동양에서 온 빅 유닛에게 옮겨간 커터의 진화."

"하지만 스타일이 다르죠. 황은 빅 유닛이고 게다가 선발입니다."

"만약 양키스 마운드에 리베라가 있었다면, 그래서 맞대결을 한다면 굉장한 이벤트가 될 뻔했습니다."

"대신 그라운드에 리베라가 있지요. 비록 황과 같은 편이지만."

"아, 또 나왔습니다. 두 번째 배트 박살!"

중계하던 캐스터가 비명을 질렀다. 방망이를 바꿔 들고 온 카스트로의 손에는 다시 손잡이만 덜렁 남아 있었다. 두 번째로 희생된 방망이였다.

볼카운트는 1—2.

커터에 포심, 그리고 커터. 3구를 패스트 볼로 카운트를 잡은 운비는 이번에는 벌컨 체인지업으로 승부를 걸었다.

부욱!

카스트로의 방망이가 바람을 휘저었다. 휘청 돌아간 그의 어깨에서 맥이 풀리고 있었다.

"스뚜악아웃!"

주심의 콜이 그라운드에 울려 퍼졌다. 삼자범퇴로 막은 운비가 천천히 마운드를 내려왔다.

"멋졌다, 황."

외야에서 달려온 리베라가 운비의 엉덩이를 쳐주었다. 더그아웃의 선수들도 운비를 반겼다. 하나하나 하이파이브를 하고 주먹을 마주쳤다. 던진 공은 열 개. 산뜻한 1회였다.

1회 말.

알버트 쉐필드의 공도 쉽지는 않았다. 리드오프로 나온 스완슨은 3구째를 당겨 좌익수 뜬공으로 물러났다. 2번으로 나간 리베라도 중견수 뜬공이 되었다. 쉐필드는 영악했다. 플라이 볼을 잘 만드는 투수였다. 그건 양키스의 강한 외야 수비와 어울리는 조합이다. 외야 수비가 허술하다면 플라이 볼 투수는 위험한 선택이 될 수도 있었다.

3번 가르시아는 2구에서 친 공이 1루 쪽 파울 플라이가 되었다. 그 공은 2루수가 잡았다. 총알 같이 달려와 1루수 키를 넘어가는 공을 캐치해 낸 것.

짝짝!

운비의 손에서 박수가 절로 나왔다. 상대 팀이지만 잘하는 건 잘하는 거였다. 흥미롭게도 쉐필드 역시 10구로 1회를 마감했다.

2회 초.

다시 마운드의 주인은 운비였다. 스파이크에 묻은 흙을 털고 자리를 잡았다. 4번 타자 미겔 버즈가 타석에 섰다.

'변화구.'

이닝이 시작되기 전 스즈키가 한 말이 스쳐갔다. 버즈는 패스트 볼에 강했다. 하지만 변화구 타율은 높지 않았다. 이미 몸이 만들어진 건지 스프링캠프에서 폭발 버닝 중인 버즈였다. 타율은 무려 4할을 넘었다. 그렇기에 할리데이나 카터 등이 주로 치던 4번에 포진한 상태. 투수에게는 공포가 아닐 수 없었다.

'체인지업.'

스즈키의 선택은 명쾌했다. 운비의 제구는 나쁘지 않았다. 그렇다면 체인지업으로 버즈의 날개를 잘라줄 수도 있었다.

부욱!

초구가 날아갔다. 벌컨 체인지업이었다. 버즈는 방망이를 돌리지 않았다.

'몸 쪽 낮게 커터 한 방.'

스즈키의 두 번째 선택.

존을 벼른 운비가 와인드업을 했다. 공이 운비의 손을 떠나자 버즈의 눈이 빛을 발했다.

15미터.

공이 거의 직선으로 날아왔다.

16미터.

아직은 직선이다.

17미터.

'포심.'

궤적으로 짐작한 버즈의 방망이가 힘차게 돌았다.

"……?"

바로 거기였다. 뇌의 명령을 받은 어깨가 포심의 궤적으로 방망이를 돌리는 순간, 공이 쿠션이라도 맞은 듯 안으로 휘었다.

짝!

동물적 감각으로 배트 궤적을 바꾸지만 늦었다. 공은 3루 쪽 라인을 벗어나고 배트는 1루 쪽으로 절반이 날아갔다.

'슬라이더?'

버즈의 첫 느낌도 양키스의 다른 타자와 다르지 않았다. 슬라이더는 슬라이더인데 변칙 궤적이었다. 그러면서 커터 같기도 했다. 아니, 홈 플레이트 직전까지의 그것은 분명 포심이었다.

'좋았어.'

버즈는 다른 배트로 운비를 별렀다. 슬라이더건 체인지업이건 상관없었다. 황운비는 분명 좌완 정통파 오버드로. 한 번은 포심을 던질 것이기 때문이다.

3구는 체인지업이 들어왔다. 뚝 떨어졌지만 내버려 두었다. 볼카운트는 1—2로 변했다.

'바깥쪽 높은 곳에 커터.'

4구, 스즈키의 선택은 다시 커터였다. 패스트 볼 중에서 버즈가 가장 약한 코스이다. 버즈가 강한 코스는 몸 쪽 높은 공. 자칫하면 볼이 되겠지만 카운트는 여유가 있었다.

부욱!

바람대로 커터를 날려주었다. 기다렸다는 듯 버즈의 방망이가 돌았다. 공은 1루 관중석으로 넘어갔다.

볼카운트 2—2.

승부구를 날려야 할 운비였다.

'투심?'

스즈키가 물었다.

'아뇨.'

'그럼 체인지업?'

'포심!'

'……?'

운비의 사인에 스즈키가 움찔거렸다. 상대가 기다리는 공을 주자니?

'위험해.'

'방금 그 코스에 제대로 꽂아볼게요.'

'젠장!'

스즈키는 운비의 뜻을 존중해 주었다. 오늘 제구가 나쁘지 않았다. 공 끝도 조금씩 더 살아나고 있었다. 운비의 공이 스즈키가 댄 미트에만 들어온다면 최상의 결과를 도출할 수도 있었다.

'던져라!'

스즈키의 미트가 운비의 사인 코스로 움직였다. 글러브 안에서 포심의 그립을 쥔 운비. 모든 생각을 지우고 와인드업에 들어갔다.

"와앗!"

기합과 함께 공이 날아갔다.

8. 양키스를 잡다 II

포심일까, 커터일까?

타석의 버즈는 공을 주시했다. 두 개의 체인지업과 두 개의 슬라이더성 커터. 포수와 투수는 자신의 약점을 알고 있다. 그렇다면 이 공은 다시 커터였다.

'까짓것.'

커터라고 난공불락의 공은 아니었다. 두 번 당한 시행착오를 계산에 넣고 배트를 돌렸다. 순간, 다시 그 지점, 홈 플레이트를 1미터 남짓 남겨둔 거기에서 공이 종으로 솟구쳤다.

'라, 라이징?'

포심이었다. 버즈의 방망이는 허무하게 바람을 가르며 헛춤을 추었다.

"스뚜우아웃!"

주심의 콜도 경쾌하게 춤을 췄다. 운비의 승이다.

"아!"

중계석에서 탄성이 쏟아졌다.

"완전히 의표를 찌르는 공 배합이군요. 방금 그 공, 포심이었죠?"

캐스터가 해설자를 돌아보았다.

"그렇습니다. 151㎞/h를 찍었군요."

"황은 157㎞/h까지도 가능한데 전력투구는 아니었단 말인가요?"

"그보다는 커터와 포심을 분간하지 못하게 하기 위해 지능적으로 그런 것 같습니다."

"아무튼 황의 배포가 엄청납니다. 지금 우리가 루키를 보고 있는 거 맞습니까?"

"그러게요. 포심을 안 줄 것처럼 하다가 위닝샷으로 포심이라니……."

"게다가 무브먼트가 장난이 아니었습니다. 저는 변화구인 줄 알았거든요."

"황, 초반 분위기 좋은데요? 관리만 제대로 받는다면 브레이브스 마운드에 대동맥이 될 수 있겠습니다."

"하지만 지금은 시범 경기죠. 반짝하다 진 루키는 셀 수도 없이 많았고."

"그게 바로 신인들의 관건이죠. 철저한 자기 관리."

"아, 타석에 채가 들어서고 있습니다. 채도 코리안 아닙니까?"

"맞습니다. 흥미로운 장면이 또 한 번 벌어지겠군요. 초청 선수로 참가한 채……"

중계석을 비추던 카메라가 타석으로 옮겨갔다. 거기 채지만이 있었다. 양키스 유니폼의 채지만. 그는 두어 번 배트를 휘두른 후 운비에게 시선을 고정시켰다.

채지만.

운비가 좋아하는 류연진과 같은 고등학교를 나왔다. 우투 좌타의 그는 추진수처럼 고등학교를 졸업하고 바로 미국으로 직행했다. 포지션은 포수부터 1루수, 외야까지 섭렵하며 다양하게 경험했다. 타석은 좌타석이었다.

현재 채지만이 노리는 포지션은 1루. 양키스의 1루는 쉘 테세이라의 은퇴로 무주공산이 되었다. 제임스 버드와 미구엘 오스틴 등이 경쟁 라인에 있지만 제임스 버드는 부상으로 2016년을 통째로 날렸다. 남은 오스틴은 우타자이기에 좌타를 치는 채지만이 스프링캠프에서 분전한다면 백업 1루수나

플래툰 용으로 활용될 가능성이 높았다.

하지만 현재까지의 채지만의 타율은 좋지 않았다.

한국 선수.

기분이 묘했다. 그건 로진백을 만지면서 털어버렸다. 타석에 서면 그게 누구건 그냥 타자일 뿐이다. 백인이건 흑인이건 코리안이건 상관이 없었다. 투수는 그저 타자를 상대할 뿐.

초구는 포심이 날아갔다. 채지만이 스윙을 했지만 맞히지 못했다. 2구도 포심이었다. 조금 빠진 것 같았는데 주심이 스트라이크 콜을 날렸다.

투낫싱.

채지만이 긴장하는 게 보였다. 3구로 체인지업을 안겨주었다. 방망이가 나오지 않았다. 채지만도 패스트 볼을 노리는 모양이다.

'커터!'

스즈키의 미트가 채지만의 무릎에서 멀어졌다. 바깥쪽으로 꽂으라는 이야기다.

"웃!"

공을 뿌렸다. 채지만이 배트를 돌렸지만 공의 궤적과는 살짝 다른 방향이다. 헛스윙이다.

투아웃.

채지만은 배트를 끌고 더그아웃으로 향했다.

'다음 타석에서는 안타를 치기를……'

운비가 할 말은 그것뿐이었다.

이어진 타자는 라미네즈였다. 6번이지만 중압감이 있다.

'커터 한 방.'

스즈키는 커터에 재미를 붙였다. 그만큼 위력이 있다는 뜻
이다.

짝!

첫 커터가 배트에 맞았다. 공은 내야에서 밖으로 굴러 파울
이 되었다. 물론 부러진 배트는 라미네즈 앞에 떨어졌다. 타자
가 부러진 배트를 집었다. 그는 갈라진 결을 보더니 볼보이에
게 건넸다. 부러진 배트에서 영감이라도 얻은 걸까?

2구 포심에 이어 들어간 3구 커터가 라미네즈의 방망이에
맞았다.

쩌걱!

아까와는 다른 소리와 함께 공이 쭉 뻗었다. 공은 운비의
키를 넘어 중견수 앞에 떨어졌다. 실투는 아니었다. 잘 던진
공을 잘 친 것이다. 도리가 없는 일이었다.

7번 힉스 역시 운비의 포심을 제대로 받아쳤다. 종으로 숏
구치는 궤적에 타이밍이 맞은 것이다. 공은 3루수의 다이빙
캐치를 빠져나갔다. 뒤를 받치던 유격수가 잡았지만 던지기에
는 늦었다.

투아웃 1, 2루.

기분 나쁜 상황이 되었다.

'천천히… Calm down, Calm down.'

스즈키가 운비를 달랬다. 1루에 견제구를 하나 던졌다. 2루까지 돌아보고 루키 '저지'를 상대했다. 와인드업에서 퀵 모션으로 바꿔야 하는 상황. 운비는 오히려 편했다. 주자가 있으니 심장이 뜨끈해진 것이다. 근육에 에너지가 콸콸 차오르는 것 같았다.

저지는 5구째 들어간 포심에 헛스윙으로 반응했다. 운비의 승. 운비의 기록에 K 하나가 더해졌다.

"굿 잡!"

마운드에서 내려오는 운비의 엉덩이를 스즈키가 쳐주었다.

"나이스!"

외야의 리베라도 가세했다. 아무리 맞아도 기분 좋을 때, 그때가 바로 이런 때였다.

그것으로 역할이 끝난 줄 알았다. 하지만 아니었다. 헤밍톤이 다가온 것이다.

"황, 한 회 더 던질 수 있겠나?"

뜻밖의 말이 나왔다. 운비에게 처음 통보된 이닝은 두 이닝이었다.

"저야 좋죠."

운비가 웃었다.

"스니커 말이 타자 일순까지는 하자는군."

헤밍톤의 시선이 스니커에게 향했다. 운비를 바라보던 그가 푸근하게 웃었다.

2회 말.

선취점을 브레이브스가 올렸다. 켐프의 2루타가 작렬한 게 시작이었다. 5번 존슨이 좌익수 뜬공으로 분루를 삼켰지만 거기에 알비에스가 있었다. 마이너리그에서 눈물 젖은 빵을 먹고 올라온 알비에스는 투지에 불타고 있었다.

마이너리거.

빅 리거와는 천지 차이의 환경에서 뛰게 된다. 홈경기라면 몰라도 어웨이 경기는 거의 죽음이다. 빅 리거들처럼 비행기를 타는 것도 아니다. 레벨에 따라서는 철새처럼 사는 게 마이너리거들이다.

'800명……'

운비의 머리에 3,000이 들었다면 알비에스의 머리에는 800이 있었다. 그건 메이저리그에서 뛰는 빅 리거들의 대략적인 숫자이다.

The Show.

메이저리거에 가는 것을 뜻하는 한 단어. 알비에스는 리베라처럼 자신에게 주어진 기회를 놓치지 않았다.

쩍!

타격 음과 함께 공이 우익수 앞으로 날아갔다. 그림 같은 안타였다. 켐프는 3루를 돌아 홈으로 치달았다. 우익수의 송구도 기가 막혔다. 하지만 승부는 간발의 차이로 결정났다. 켐프의 발이 조금 더 빨랐던 것이다.

"홈인!"

주심의 콜과 함께 전광판에 1이 올라갔다.

1 대 0.

브레이브스의 리드였다.

이후의 두 타자는 범타로 물러났다. 하나는 슬라이더에 삼진을 먹었고 스즈키는 좌익수 뜬공으로 카운트를 더해주었다.

3회.

운비가 다시 나오자 캐스터들이 열을 올렸다.

"아, 황이 다시 나오는데요?"

"그러게요. 스니커 감독이 필 꽂힌 걸까요?"

"설마 시즌 때처럼 6, 7이닝 가려는 건 아니겠죠?"

"제 생각에는 브레이브스의 추파가 아닐까 합니다."

"추파라고요?"

"확인된 건 아니지만 트레이드설이 흘러 다니고 있습니다. 그 중에는 브레이브스 건도 있는데 인디언스나 카디널스의 2, 3선발급과 유망주 세 명을 묶은 빅 매치가 물밑 작업 중이라고 합니다."

"아, 일리가 있군요. 브레이브스의 1, 2, 3선발 중에서 둘의 나이가 많은 편에 속하죠?"

"둘 다 1년 단기 계약을 했습니다. 투타의 핵으로 키우는 테헤란은 아직 어린 편이라 마운드의 리더가 되기에는 관록이나 리더십이 부족하죠. 그걸 메워줄 중견 투수가 필요한 브레이브스입니다."

"그럼 황이 그 매칭의 한 명이 될 수도 있겠군요?"

"흥미로운 일입니다. 미국 대표팀과 양키스를 상대로 한 등판. 이렇게 극적으로 만들어가는 드라마라면 3선발보다는 2선발을 낚으려는 포석일 수도 있지요."

"그렇다면 황이 이번 회를 인상적으로 막아야 브레이브스의 포석이 먹히겠군요."

"하핫, 빅 리그의 설은 늘 설설 끓고 있죠. 밤새 폭발하다 아침이면 언제 그랬냐는 듯 물 건너가는 경우도 많습니다. 우리는 그저 오늘의 게임을 즐기면 되겠습니다."

해설자가 쿨하게 갈무리를 했다.

타석에 들어선 건 9번 타자 토레스였다. 유격수를 맡아 수비가 좋은 그는 빠른 임팩트의 타격 자세를 취했다.

초구는 몸 쪽으로 넣어 스트라이크를 잡았다. 2구는 같은 궤적에서 조금 낮게 들어갔다. 공이 빠지며 타자가 무릎을 뺐다.

쩍!

3구로 커터가 날아가자 타자의 방망이가 돌았다. 배트는 두 동강이 나고 공은 포수 가까운 곳에 떨어졌다. 스즈키가 공을 잡아 1루에서 타자를 잡았다.

타순이 돌아 가드너가 등장했다.

예정을 넘긴 3회에 등판, 다시 1번부터 맞이하게 되는 운비. 코칭스태프는 이걸 보고 싶었던 걸까? 공을 눈에 익힌 타자들의 반응? 그들과 맞서는 운비의 공의 위력?

'상관없어.'

초구 포심 하나로 아웃 카운트를 잡던 가드너. 이번 초구는 조금 더 스피드를 더한 포심을 안겨주었다. 공은 홈 플레이트 직전에서 꿈틀꿈틀 부유했다.

스윙!

가드너의 풀 스윙은 공에 닿지 못했다.

툭툭!

배트로 바닥을 내려친 가드너의 눈빛이 변했다. 차분해진 것이다. 이후로 그는 덤비지 않았다. 유인구로 던진 체인지업을 골라내고 안쪽으로 윽박지르는 커터도 참았다.

볼카운트 1—2.

1회와는 달리 리드오프의 사명에 충실한 가드너였다. 운비도 함께 차분해졌다. 마운드에서는 타자의 페이스에 말리면 안 된다. 더구나 가드너는 나가면 골치 아픈 주자가 될 수 있었다.

4구로 다시 포심을 던졌다. 공은 가장 낮은 스트라이크존에 걸쳤다. 공을 잡은 스즈키의 미트가 살짝 올라가는 게 보였다. 조금 낮았나 싶었지만 주심의 스트라이크 콜이 후했다.

볼카운트 2—2.

'벌컨 체인지업.'

스즈키의 선택이다. 미트는 중앙에서 바깥쪽으로 살짝 치우쳤다. 운비의 약지가 움직였다. 그리고 패스트 볼보다 17㎞/h쯤 느린 체인지업이 날아갔다.

"뻘!"

주심의 입에서 김이 샜다. 가드너는 속지 않았다. 이제는 가장 자신 있는 공을 던질 차례였다.

'몸 쪽 포심.'

스즈키가 사인을 보내왔다. 운비는 턱짓으로 사인을 받았다. 숨을 고른 운비의 손에서 포심이 떠났다. 공은 거의 가운데로 들어왔다. 당연히 놓칠 가드너가 아니었다.

하지만 각진 홈 플레이트 앞에서 공이 타자 몸 쪽으로 휘었다.

'커터?'

가드너의 눈빛이 흔들렸지만 그건 착각이었다. 운비의 공은 포심. 무브먼트가 기막히게 형성되며 밖으로 휘어버린 것이다.

뻐억!

공은 스즈키의 미트 안에서 천둥소리를 냈다. 주심의 시원한 콜과 액션이 그 뒤를 이었다.

"스뚜우아웃!"

가드너는 모자를 눌러쓰고 물러났다. 리드오프의 사명은 다했지만 출루까지는 이루지 못한 그였다.

투아웃.

맥케니의 차례이다. 그를 보면 리베라가 떠오른다. 어쩌면 양키스의 리베라가 아닐까? 컨택 능력도 좋고 선구안도 좋은 선수. 기분 좋게 상대해 주었다.

초구는 바깥쪽 꽉 찬 스트라이크가 들어갔다. 하지만 2구, 스윙을 하는 순간 발이 살짝 밀렸다. 본능적으로 스윙을 조절했지만 포심이 가운데로 몰렸다.

'젠장!'

탄식과 함께 맥케니의 방망이가 돌았다.

짝!

타구가 쭉 뻗어 나갔다. 좌익수 켐프 쪽으로 날아가는 타구였다.

'젠장!'

한 번 더 탄식이 나오는 순간, 공이 아슬아슬하게 라인을 벗어났다. 조금만 안으로 들어갔으면 홈런이 될 수도 있는 타구였다.

'휴우.'

가슴을 쓸어내린 운비는 벌컨 체인지업으로 승부를 걸었다. 장타에 고무된 맥케니의 방망이가 따라 나왔다.

'땡큐.'

운비가 주먹을 쥐었다. 맥케니는 다운스윙을 했지만 체인지업의 궤적은 맞히지 못했다.

삼진!

벼락을 비켜간 운비의 승이다. 심장이 쫄깃해진 3회. 그래서 더 짜릿한 이닝이었다.

운비는 미국 대표 전에 이어 양키스전에서도 무사히 임무를 마쳤다.

3이닝 무실점.

아슬아슬한 파울 타구 다음을 삼진으로 매조지하면서 강력한 이미지를 남긴 운비였다. 앞서가던 토모에 버금가는 호투였다.

브레이브스 VS 양키스.

시범 경기에 불과하지만 브레이브스는 언더도그였다. 하지만 오늘은 심상치 않았다. 게다가 현재 2승 2패를 기록 중인 브레이브스. 5승 1패를 질주 중인 양키스에 딴죽을 건다면 하위로 분류되는 예상표에서 벗어날 수도 있었다.

그런 기대감 때문일까?

스탠드의 하트 단장은 선글라스 안에서 웃고 있었다. 그로부터 멀지 않은 내야에 스칼렛도 있었다. 그가 벌떡 일어서서 두 손을 흔들었다. 운비를 골라온 스카우터에서 한 사람의 팬이자 친구로 변한 사람.

"황!"

정든 목소리를 향해 운비도 손을 흔들어 화답했다.

4회의 마운드는 궈웨이룽이 이었다. 패스트 볼은 148㎞/h을 찍었다. 그의 주 무기는 위닝샷으로 던지는 포크볼. 구위는 그리 나쁘지 않았다. 운비는 아이싱을 하며 경기를 즐겼다.

"찌야요, 궈!"

운비가 손나팔로 외쳤다. 토모의 일본은 파이팅이 화이또, 궈웨이룽의 대만은 찌야요, 리베라는 아니모. 다른 나라 말을 배우는 것도 재미있었다.

출발은 좋았다. 두 타자를 연속 내야 땅볼로 처리했다. 그리고 궈웨이룽은 채지만을 상대하게 되었다.

'허얼!'

운비는 응원을 멈췄다. 타석에는 한국 타자, 마운드에는 같은 팀. 어디를 응원해야 할지 난감했다. 하지만 운비의 피는 채지만에게 쏠렸다. 어차피 주자도 없는 상황. 안타라도 치고 나가 눈도장을 찍었으면 하는 게 솔직한 바람이다.

쩍!

순간, 패스트 볼에 채지만의 방망이가 돌았다.

"……!"

운비가 파뜩 고개를 돌았다. 타구가 컸다. 벌써 존슨을 오버하고 있었다. 좌측 담장 쪽이라 좌익수 켐프도 달리고 있었다. 공이 펜스 상단을 후려쳤다. 존슨이 펜스 플레이로 공을 잡았다. 재빨리 2루에 뿌렸지만 채지만이 2루를 차지한 후였다. 베이스 위에서 채지만이 포효했다.

박수.

그건 마음속으로 쳐주었다. 궈웨이룽에게 조금 미안하긴 하지만.

궈웨이룽.

빅 리거도 아닌 동양인에게 맞은 게 기분을 건드렸을까? 이어 나온 라미네즈에게 또 하나의 장타를 허용하고 말았다. 이번에는 리베라 쪽이었다. 선상을 타고 나간 타구가 펜스를 치고 리베라의 글러브로 들어왔다. 홈을 노려본 리베라가 빨랫줄 송구를 날렸다.

"……!"

모든 시선이 홈으로 향했다. 3루를 돌아선 채지만은 미친 듯이 폭주했다. 공은 자로 잰 듯 포수에게 날아왔다. 리틀야구에서 투수를 했던 리베라. 다이렉트 송구가 날아온 것이다. 스즈키의 미트와 채지만의 손이 거의 동시에 플레이트를 짚었다.

"세잎!"

주심이 주저 없이 콜을 했다. 투혼의 채지만과 강철 어깨 리베라. 접전 끝의 행운은 채지만에게 돌아갔다.

"아, 굉장한 장면이 연출되었습니다."

중계석의 캐스터가 벌떡 일어섰다.

"또 한 번의 보살이 나올 뻔했죠?"

해설자도 흥분을 감추지 못했다. 그야말로 박빙의 순간이었다.

"브레이브스의 리베라, 소속 지구 디비전 팀들, 긴장해야겠는데요? 앞으로 리베라 앞에서 함부로 뛰면 큰일 나겠습니다. 여유가 있겠다 싶었는데 홈에서 대접전이 일어나지 않았습니까?"

"그렇습니다. 외야수 디펜시브 런 세이브(DRS) 판도에 지각 변동을 일으킬 것 같습니다."

"스코어는 1 대 1, 오랜만에 명승부를 보고 있습니다. 마치

1990년대 양대 산맥으로서 라이벌전을 형성하던 시절의 한 장면을 보는 것 같습니다."

"브레이브스, 올해 신인들 활약이 정말 기대됩니다. 스완슨에 카브레라, 토모와 리베라, 그리고 황과 알비에스까지."

"이래서 야구가 즐거운 거 아닙니까? 양키스의 다음 타자는 힉스입니다."

거기서 헤밍톤이 마운드를 방문했다. 강판인가 싶었지만 아직은 아니었다. 심기일전한 귀웨이룽은 힉스를 맞아 분전했다. 볼카운트 2-3. 위닝샷으로 날린 포크볼은 귀웨이룽의 편이었다. 맥없이 맞은 공이 귀웨이룽의 글러브로 들어왔다. 스텝을 바로잡은 귀웨이룽은 1루에 송구해 힉스를 잡았다.

이후의 두 이닝은 다소 소강상태였다.

7회 초.

브레이브스는 네 번째 투수로 글레이버 투산을 올렸다. 양키스 역시 세 번째 투수가 등판해 있었다. 투산은 중전 안타를 맞았지만 그럭저럭 잘 버텼다.

7회 말.

브레이브스의 선두타자는 마이탄이었다. 2구를 받아친 공이 훌쩍 솟구쳤다. 깊은 수비를 펼치던 3루수는 벌써 펜스 앞까지 도달해 있었다. 달리던 탄력으로 펜스를 디디며 점프, 글러브를 뻗었지만 타구는 펜스를 살짝 넘어갔다.

홈런이다.

"나이스!"

브레이브스의 더그아웃이 들썩거렸다. 1 대 1의 팽팽한 대치를 깨는 한 점이었다. 마이탄은 열렬한 환호를 받았다. 그리고 이어진 스완슨의 타석. 그 역시 8구까지 가는 접전 끝에 투수 옆을 스치는 안타를 뽑아냈다. 다음 타자는 리베라.

전 타석에서는 3루 땅볼로 물러났지만 이번 눈빛은 좀 달랐다. 초구 포심을 골라낸 리베라, 2구로 날아온 슬라이더를 밀었다. 1루수가 껑충 솟구쳤지만 손이 닿지 않았다. 공은 라인을 타고 계속 굴렀다. 스완슨은 2루를 지나 3루를 돌았다. 공이 중계되고 있었다. 그사이에 리베라는 2루에서 3루로 뛰었다. 중간에서 공을 커트한 투수가 3루에 공을 뿌렸다. 리베라는 날렵한 슬라이딩으로 베이스를 장악했다.

"세잎!"

3루심이 외쳤다. 리베라의 센스가 만들어낸 3루타였다. 타임을 요청하고 일어난 리베라는 벨트에 낀 흙도 털지 않은 채 포효부터 작렬했다.

"리베라! 리베라!"

스탠드가 열광했다. 리베라는 한 번 더 포효했다. 팬들은 두 손을 흔들며 스타 기질의 리베라를 반겼다. 거기서 가르시아의 큼지막한 희생플라이가 나왔다. 리베라가 여유 있게 태

그 업을 하면서 스코어는 4 대 1로 벌어졌다.

"황!"

더그아웃으로 들어온 리베라가 운비를 찾았다.

"최고였다."

운비가 엄지를 세웠다.

"이번 건 안타 두 개 쳐주는 거다."

리베라가 주먹을 내밀었다.

"좋지."

운비 역시 주먹을 마주쳐 주었다.

마지막 9회 초.

마운드의 주인은 카브레라였다. 그의 초구는 무려 160㎞/h를 찍었다. 하지만 채지만 자리에 대신 들어온 첫 타자에게 볼넷. 두 개의 볼에 이어 밖으로 빠지는 스트라이크 하나를 잡았지만 나머지 공 두 개가 볼이었다.

기분이 상한 카브레라. 어떻게든 영점을 잡는다는 게 다음 타자에게 몸에 맞는 공을 주고 말았다.

노아웃 1, 2루.

자칫 한 방이면 동점이 될 판이다. 헤밍톤이 올라가 짧은 대화를 나누었다. 놀랍게도 카브레라의 브레이크가 듣기 시작했다.

이어진 타자를 초구 스트라이크로 잡은 카브레라. 이어진 2구까지 낮은 제구가 되자 구속도 펑펑 올라갔다. 153~155를 꽂더니 158~159의 쾌속 포심을 잇달아 발사한 것.

스윙아웃.

중견수 플라이아웃.

주자는 1, 2루에 그대로 묶인 채 투아웃이 되고 말았다.

마지막 타자는 힉스였다. 볼카운트 1—2. 유리한 카운트를 점령한 카브레라, 승부구로 쾌속 포심을 몸 쪽에다 쏘았다.

부욱!

힉스 역시 노리고 덤볐지만 구속이 더 빨랐다. 전광판에 찍힌 그 구속은 무려 161㎞/h였다.

"스뚜아웃!"

주심의 콜은 산뜻하기만 했다. 게임 스코어 4 대 1. 브레이브스가 2017년 첫 대결에서 양키스는 잡는 순간이었다. 시범 경기라지만 모두가 양키스의 우세를 점친 게임. 양키스 팬들은 입맛을 다시며 일어섰고 브레이브스 쪽은 감격에 취하고 있었다.

"헤이, 황!"

게임이 끝나자 리사가 들어섰다. 샤워를 하고 나오던 운비가 재빨리 타월을 조였다.

"흐음, 섹시한데요?"

"이봐요!"

"알몸에는 관심 없으니까 얼른 옷 입어요."

당황하며 몸을 가리는 운비에 비해 리사에게는 익숙한 장면인 모양이다.

"아, 진짜……"

운비는 별수 없이 급한 대로 옷을 걸쳤다.

"다 됐으면 한 컷 부탁해요."

"누구랑 찍을 건데요?"

"오늘의 수훈 선수들."

리사가 성큼 걸어갔다. 거기 선수들이 운비를 기다리고 있었다. 귀웨이룽과 투산, 그리고 마무리를 책임진 카브레라였다.

"부탁해요. 양키스를 눌러 버린 우리 겁 없는 루키 피처들."

리사가 가운데 서며 카메라맨에게 소리쳤다.

"자, 자연스럽게 포즈!"

리사의 말과 함께 카메라가 연속 촬영 음을 냈다.

"카브레라!"

촬영이 끝나자 리사가 카브레라의 옷깃을 당겼다.

"또 왜요?"

기자를 달갑게 생각지 않는 카브레라가 인상을 긁었다.

"아까 헤밍톤이 올라왔을 때 뭐라고 했어요? 뭐라고 했길래 갑자기 브레이크가 듣기 시작했을까요?"

"그것도 말해야 해요?"

"팬들이 궁금해하니까."

리사가 아이패드를 내밀었다. 그의 페이스북에는 팬들의 질문이 가득했다.

"뭐 별거 아니었어요. 이거 못 막으면 바로 마이너로 가는 티켓 예약해 준다길래……."

"정말요?"

"어쩝니까? 나도 마이너는 싫거든요."

카브레라가 어깨를 으쓱해 보였다. 그럴 때는 그도 귀여운 구석이 있었다.

3승 2패.

그리 나쁘지 않은 브레이브스의 초반 시범 경기 성적처럼.

9. 영원한 건 없다 I

다음 날, 카디널스와 다시 붙었다. 서전에서 2 대 0으로 산뜻하게 제압한 카디널스. 우승환이 클로저로 버티는 팀이다. 우승환이 WBC에 참가하고 있다는 걸 알면서도 그쪽 더그아웃을 바라보는 운비였다.

여전히 뿌듯했다. 아직 빅 리거가 된 건 아니지만 이런 자리에서 우승환을 생각할 수 있다니······.

운비가 등판하지 않은 이날, 선발로 나간 콜론이 한 점을 주고 3회까지 마쳤다. 이어 들어간 프리드의 컨디션은 엉망이었다. 그는 난조를 보이다 쓰리런 홈런을 얻어맞고 강판되었다. 여기서 카디널스에게 주도권을 넘겨주며 4 대 9로 패했다. 시범 경기 상대 성적은 1승 1패가 되었다.

이어진 레드삭스와의 게임은 엉망이었다. 딕키도 얻어맞았고 블레어도 흔들렸다. 팀 에러도 세 개나 나왔다. 안 되는 날이 있다. 이날이 그날이었다. 승부는 초반에 갈려 5회가 끝나기도 전에 레드삭스는 저만치 멀어졌다.

1 대 11.

영봉패를 당하지 않은 게 다행이었다.

클럽하우스는 초상집을 방불케 했다. 활달한 켐프와 필립스도 침묵이다. 물론 이때뿐이다. 빅 리그 선수들도 사람이다. 게임에 지면 특유의 홍겨움 같은 건 개가 물어가 버린다. 하지만 그 우울함이 오래가지는 않는다. 다음 날이면 또 언제 그랬냐는 듯 활기차게 변하는 게 클럽하우스였다.

필리스 전!

운비가 선발로 출장하게 되었다. 50개 이내로 던질 거라는 통보를 받았다. 코칭스태프와 담당 트레이너가 컨디션 체크를 하고 갔다. 좋은 것 하나는 컨디션이 나쁘면 안 던지겠다고 해도 된다는 것. 그것 역시 투수의 권리였다. 하지만 스프링캠프는 조금 달랐다. 다들 기회를 노리고 있는 판. 컨디션이 안 좋다고 No라고 말할 선수는 거의 없었다.

이날 저녁, 캠프 식당에서 가벼운 식사를 하고 있을 때 스칼렛이 쳐들어왔다. 스칼렛답지 않게 무척이나 상기된 표정이다.

"스칼렛?"

운비가 고개를 들었다. 리베라도 그랬다.

"식사하시게요?"

예의상 물어본 리베라의 질문은 의미 실종이다. 극도로 상기된 스칼렛의 표정이 그걸 말해주었다.

"스니커 어디 있나?"

스칼렛이 물었다.

"코칭스태프 방에 있을 텐데요. 아니면 훈련장?"

"지금 훈련장에서 오는 길이야. 알았네."

"스칼렛."

"아, 황은 뭐 들은 거 없나?"

발길을 떼던 스칼렛이 돌아보았다.

"내일 선발 말입니까?"

"없군. 일단 식사하게나."

스칼렛은 석고상처럼 경직된 표정, 그러나 잰걸음으로 식당을 나갔다.

"왜 저러시지?"

리베라가 어깨를 으쓱해 보였다.

"글쎄, 좋은 일은 아닌 것 같은데?"

"스니커하고 한판 붙으려나?"

"……"

대꾸하지 않았다. 이제는 친숙해진 스칼렛. 하지만 저렇게 달아오른 건 처음이다. 포크를 놓고 일어섰다. 미국 땅에서는 친할아버지 같은 스칼렛이니 모른 척하기 어려웠다.

"……!"

밖으로 나온 운비의 시선이 붉은 스포츠카에서 멈췄다. 단장 하트의 차다. 그렇다면 스니커는 지금 단장과 있다는 말.

'단장까지 얽힌 일인가?'

생각하다 보니 남의 일이 아닌 것 같았다. 스칼렛의 질문이 바로 단서였다.

'자넨 뭐 들은 거 없나?'

분명 그렇게 물었다. 운비의 일이 아니라면 그렇게 물어볼 리 없었다.

'뭐지?'

운비의 시선이 코칭스태프 사무실에서 떨어지지 않았다.

"스칼렛?"

하트 단장이 소파에서 시선을 들었다. 그의 앞에는 스니커 감독이 앉아 있다.

"웬일이십니까?"

하트가 너스레를 떨며 스칼렛을 맞이했다. 하지만 스칼렛은 하트의 손을 밀어냈다.

"그게 사실인가?"

스칼렛의 시선에 각이 단단히 맺혔다.

"느닷없이 무슨 말씀이신지……?"

"황 말일세. 나도 다 알고 왔어."

스칼렛의 목소리가 깔리자 스니커의 입에서 신음 소리가 나왔다.

"쩝, 그거 말씀이군요?"

하트는 심드렁하게 손을 거두었다. 아주 익숙한 표정이다.

"나하고 한 약속 벌써 잊으셨나?"

스칼렛이 단장 앞에 자리를 잡았다.

"일단 흥분부터 가라앉히세요. 혈압이 높아졌다고 들었습니다만."

"당뇨도 생겼네."

"저런, 그러면서 콜라를 드신단 말씀입니까?"

"콜라의 고장 아닌가? 게다가 황도 콜라를 좋아하고."

"잊으셨나 본데, 저도 한때는 콜라를 좋아했지요."

"지금은 술수를 좋아하지."

스칼렛이 하트의 말꼬리를 잘라 버렸다.

"아, 우리 스칼렛께서 황을 얼마나 좋아하는지 알 것 같군요. 그만한 일로 몸소 쫓아오다니."

"자네도 공범인가?"

스칼렛의 눈빛 레이저가 스니커에게 옮겨갔다.

"공범이 아니라 졸이지. 밑그림은 단장께서 그리는 것이니."

입장이 난처해진 스니커가 어깨를 으쓱해 보였다.

"하긴 단장의 고유 권한이지. 그런 속셈 때문에 황의 등판 스케줄에도 관여한 거로군."

"관여가 아니고 관심이었습니다."

"관여야!"

스칼렛이 잘라 말했다.

"스칼렛, 빅 리그에서 영원한 건 아무것도 없습니다. 아시지 않습니까? 전설의 스카우터 스칼렛도 빅 리그를 떠났고 저도 언제 이 판에서 밀려날지 모릅니다."

"걷어치우고, 분명 단장 입으로 결실을 보기 전까지는 절대 안정 속에서 황과 리베라를 키운다고 약속했어."

"말 잘하셨습니다. 결실!"

"벌써 맺었다는 건가?"

"그럼요. 미국 대표팀을 상대로도 호투하지 않았습니까? 제구, 담력, 경기 운영 능력 모두 훌륭했습니다. 그날 제가 받은 전화가 몇 통인지 아십니까?"

"전화는 나도 받았네. 다시 컴백해서 황이나 리베라 같은 보석 좀 캐다 달라고."

"흐음, 저도 그 전화를 했어야 하는데……."

"하트!"

스칼렛은 단호했다. 능청에 대한 경고였다.

"아아, 흥분 마세요. 뭐 솔직히 트레이드를 추진한 건 맞습니다."

"하트!"

"왜 이러십니까? 우리 팀, 노련한 중견급 선발이 필요하다고요. 아시지 않습니까?"

"그렇다면 다른 카드를 써서 끌고 올 생각을 해야지 왜 하필 황이야?"

"그거야 상대편에서 원하니까……."

"떡밥으로 던진 게 단장이잖아?"

"그 친구들이 아무 떡밥이나 다 뭅니까? 물 만하니까 물지."

"뭐라?"

"아까 결실을 말씀하지 않았습니까? 그 결실이라는 거, 황이 꼭 우리 구단에서 10승, 20승을 해야만 결실입니까? 이렇게 기여하는 것도 결실이죠."

"하트!"

"진정하세요. 그냥 없던 일로 했으니."

"……?"

"인디언스하고 카니널스에서 관심을 가지길래 오퍼 한번 넣어봤습니다."

"인디언스 누구?"

"누구겠습니까? 케인 클루버죠."

"클루버?"

스칼렛이 파뜩 고개를 들었다. 클루버라면 인디언스의 에이스다. 오랜 기간 동안 롤러코스터를 타며 애를 태우긴 했지만 든든한 승리 기여도를 보장하는 투수. 작년에 18승을 거둔 것으로도 증명이 되었다. 게다가 나이도 중심 잡힌 서른 살. 브레이브스에 와주기만 한다면 신구 조화의 앙상블이 된다. 클루버와 테헤란으로 결성되는 원투 펀치. 중량감이 확 느껴진다. 최상의 트레이드가 될 수 있는 카드였다.

"황과 클루버 1 대 1은 아닐 테고?"

"당연히 끼워달라고 하더군요."

"카브레라?"

"젠장, 그놈들, 그래도 주둥이를 다 턴 건 아니로군요."

"또 있군?"

"거기에 블레어와 리베라까지 얹어달라더군요. 그래서 접었습니다. 제 놈들은 황과 카브레라만 받아도 손해 보는 일이 아닌데."

"단장!"

"접었다고요. 말씀드리지 않습니까?"

"잘했네. 만약 그거 사인했으면 내가 자네 차에 불을 질렀을지도 몰라."

"스칼렛!"

"트레이드가 단장 권한인 건 인정하네. 하지만 이건 약속이야. 단장과 나, 그리고 황과 리베라, 그리고 코리아와 쿠바, 거기 사는 황과 리베라의 가족들."

"……."

"이제 겨우 빅 리그의 문 앞에 섰는데 팔아치운다면 초등학교 신입생을 의자에 앉기도 전에 전학 보내는 것과 무엇이 다른가?"

"비약이 심하십니다. 메이저리그는 나이나 관록으로 평가받는 곳이 아닙니다."

"그럼 BFP는? 돈이 되면 교육 중에도 선수를 팔아치우겠군? 그래 가지고서야 어느 나라의 유망주가 그 프로그램을 믿겠나?"

"쩝."

"자네도 마찬가지야. 단장이 삐딱선으로 폭주하면 막아야지. 시즌 시작하기도 전에 예스맨이 된 건가?"

불똥은 스니커에게도 튀었다.

"나도 알게 된 지 얼마 되지 않는다네. 굵은 스케줄만 요청하길래 황을 키우려는 의도로 받아들였을 뿐."

"헛소리. 자네도 클루버 꿈을 꾼 게 아닌가?"

"뭐 감독이라면 클루버가 필요하긴 하지."

"스니커, 그 말 취소하게. 황은 클루버 이상이 될 걸세. 당장 배고프다고 황금 거위의 배를 가르는 짓이야."

"결국에는 나도 단장에게 그 말을 했네만."

"……."

"아아, 그만들 하세요. 내가 졌다지 않습니까? 그만하면 황의 가능성도 확실하게 알게 된 거고. 스칼렛의 말처럼 알을 낳을 때까지는 칼 대지 않겠습니다."

"당연하지. 또 한 번 이런 말이 나오면 911에 전화 걸 생각부터 하시게."

"후환이 두려우니 마무리는 제가 하죠."

"마무리?"

"스칼렛이 왔으니 황도 알 거 아닙니까?"

단장이 핸드폰을 꺼내 운비에게 전화를 걸었다. 창밖에 있던 운비는 단장의 전화를 받고 별수 없이 사무실로 들어섰다.

"이어, 황!"

단장이 반색하며 일어섰다.

"……."

운비는 머쓱한 표정으로 움직이지 못했다. 방 안 공기가 그리 착하지 않은 까닭이다.

"방금 우리가 역사적인 캔슬을 놓았네."

"예?"

"인디언스에서 말이야, 자네와 리베라에 카브레라를 묶어 클루버와 바꾸자고 하더군. 스니커와 내가 뭐라고 응수한 줄 아나?"

"……."

"이거나 먹으라고 해줬지."

단장이 가운뎃손가락을 세워 보였다. 보고 있던 스칼렛이 썩은 미소를 머금었다. 임기응변과 쇼맨십에 능한 하트. 그 진가를 유감없이 보여주는 장면이다.

"말도 안 되는 트레이드지. 속 모르는 사람들은 클루버를 매력적으로 보겠지만 그는 재작년에 죽을 쑤었다네. 작년에 반짝했으니 올해는 죽을 쑬 해. 그런데 감히 우리 브레이브스의 미래가 될 세 유망주를 묶어서 달라고? 1 대 1 트레이드도 아깝지."

"……."

"자넨 우리의 보물일세. 여기저기서 탐을 내지만 절대로 다른 데 갈 생각하면 안 되네. 여기서 매덕스나 글래빈 같은 대투수가 되어야 하네."

"예."

"스칼렛, 이제 황 데려가서 시원한 맥주라도 한잔 쏴주시
죠. 그거 축하해 주러 온 거 아닙니까? 아, 황은 술을 안 마시
니 콜라?"

"살뜰하게 챙겨주시니 눈물이 다 나는군."

스칼렛은 빈정거림을 남겨놓고 사무실을 나왔다.

"가봐."

운비가 아리송한 표정을 짓자 스니커가 운비의 등을 밀었다.

"분위기가 이상한데요? 좋은 겁니까, 나쁜 겁니까?"

밖으로 나온 운비가 스칼렛을 바라보았다.

"둘 다!"

스칼렛이 답했다.

"콜라 마실 테냐?"

"사드려요?"

"내가 사야겠다. 그게 도리지. 게다가 속도 더부룩해졌고."

"정 그러시면……."

콜라를 받아 든 스칼렛이 단숨에 컵을 비웠다.

"이제야 시원하군."

"콜라 맛이야 언제나 그렇죠."

"네 일 말이야."

"저요?"

"하마터면 배를 가를 뻔했다."

"예? 제가 무슨 맹장염도 아닌데……."

"필리스전에 나간다고?"

"예."

"그 전에 만날 사람이 있다."

"누구?"

운비가 고개를 들었다. 스칼렛은 별다른 설명도 없이 전화를 연결했다. 잠시 후에 달려온 사람은 리포터 리사였다. 스칼렛은 또 전화를 열었다. 거기서 흘러나온 건 하트의 목소리였다. 언제 녹음까지 한 모양이다.

"자넨 우리 보물일세. 여기저기서 탐을 내지만 절대로 다른 데 갈 생각하면 안 되네. 여기서 매덕스나 글래빈 같은 대투수가 되어야 하네."

"하트 단장께서 황에게 홀딱 반한 모양이야. 그러니 리사가 기사로 좀 새겨주시게. 나는 황이 브레이브스에 안정적으로 뿌리내리기를 바라거든. 대표로 키울 나무는 자주 옮기는 법이 아니지."

리사는 바로 감을 잡았다.

얼마 후 스칼렛의 바람대로 기사가 나갔다. 리사 역시 운비와 리베라에게 호감이 있던 탓에 문제는 없었다. 하트 단장에게 쐐기를 박은 셈이다.

물밑에서 진행되던 트레이드는 물 건너갔다. 어쩌면 바로 가방을 싸야 했을 수도 있던 운비. 이제는 홀가분하게 필리스전을 준비하게 되었다.

신경 쓸 일은 단 하나, 공을 보여주는 일이다.

25인 로스터에 내 자리를 비워놓으라는 공.

필리스와의 대전 일, 아침이 밝아왔다.

인터넷을 체크하니 운비의 기사가 있다. 리사의 작품이다. 한국에도 기사가 떴다. 그건 차혁래 기자의 심층 보도였다.

<황운비, 빅 리그에 성큼 다가서다.>

<토종 빅 유닛, 스프링캠프 강타 중.>

<무적 커터, 필리스를 겨누다.>

벌써 몇 차례 기사를 올린 차혁래. 시범 경기가 끝나면 아예 메이저리그 전담기자로 날아올지도 모른다는 소식도 전해왔다.

다른 한국 선수들의 기사도 있었다. 심기일전한 박방호는 타격감이 좋았고, 오리올스의 김연수 역시 준수한 타격과 출루율로 자신의 가치를 높이고 있었다.

—필리스전에 출격합니다. 응원 많이 해주셈.

SNS에 소식을 올렸다.

—무적 커터로 작살내셈.

—필리스 완벽 제압 기원.

—퍼펙 투구로 25 로스터 짭짭.

—K 10개만 부탁해여.

금세 여러 응원 글이 올라왔다.

식사를 마치고 밀웜 환을 먹었다. 가루에서 환으로 바뀌니 먹기가 좋았다. 하지만 몸은 좀 나른하고 찌뿌드드했다. 두통도 살짝 느껴진다.

'젠장.'

잘해야 한다는 강박관념이 몸살로 온 걸까? 그래도 견딜 만했기에 그냥 잊어버리기로 했다. 게다가 믿는 구석도 있었다.

체력 회복 30%.

마운드에 서면 에너지가 채워질 테니 약간의 피로 따위로 등판 기회를 날리고 싶지 않았다.

글러브를 챙길 때 리베라가 다가왔다.

"어디 아파? 안색이 살짝 안 좋은데?"

역시 리베라. 같이 1년을 살았다고 운비의 안색을 놓치지 않았다.

"같은 지구 소속팀을 만나니까 설레서 그런다, 왜? 장장 스무 게임 가까이 붙을 팀이잖아?"

"흐음, 미국 대표팀을 만나도, 양키스를 만나도 철가면이던 얼굴이 작년 나란히 꼴찌 쪽에 랭크된 필리스에게?"

"왜 이러셔? 나도 알고 보면 약한 남자야."

"오케이. 그럴 수도 있지. 세상에 완벽한 인간은 없는 법이니까."

의기투합하는 사이에 윌리 윤이 들어섰다.

"버스 도착했어."

운비는 가방을 챙겨 숙소에서 나왔다.

경기장에 도착하자마자 몸부터 풀었다. 가벼운 러닝과 스트레칭, 그리고 불펜 투구. 이제는 슬슬 운비의 루틴이 되어갔다.

선발투수의 불펜 투구법 또한 천차만별이다. 30개 정도 던지는 투수가 있는가 하면 20분 정도 전력투구하며 몸을 푸는 사람도 있다. 하지만 운비는 BFP의 데이터가 산출해 준 최적의 투구 수에 따랐다.

─20개 정도의 패스트 볼.

─15개 정도의 커터.

─5개 정도의 체인지업.

─2~3개의 커브.

공을 받아준 불펜 포수는 메간이었다. 싸가지 없다고 소문이 자자하게 났지만 오늘은 딱히 표시를 내지 않았다. 공은 아웃코스 패스트 볼부터 던지며 영점을 잡았다. 여기서 투구폼이 잡히면 인코스로 들어가고, 마지막에는 두 코스를 번갈아가며 던져보는 것으로 마무리했다.

몸풀기가 끝나자 주전 포스들이 등장했다.

"컨디션 어때?"

플라워스가 물었다.

"괜찮아요."

"뭐가 괜찮아? 썩 좋은 건 아닌 듯한데."

운비의 말에 로커가 딴죽을 걸었다. 그의 손에 마스크가 들려 있다. 오늘은 그가 출장하는 날. 호흡이 맞아야 하니 그냥 웃어넘겼다. 로커와 마지막 호흡을 맞췄다. 그는 메간과 달리 일방적이었다.

인코스.

아웃코스.

가운데.

자신이 원하는 존과 구질을 체크하는 것으로 포구는 끝났다.

불펜 피칭을 끝낸 운비가 더그아웃으로 들어갔다.

"기분은?"

스니커가 다가왔다.

"베리 굿!"

운비가 웃었다.

얼굴은 웃지만 몸살 탓인지 두통이 느껴졌다. 그때 리사가
등장했다. 조금 더 과장스럽게 웃었다. 여자의 감성 레이더는
남자보다 예민하기 때문이다.

"오늘도 자신 있죠?"

그녀가 물었다.

"그럼요."

"배트는 몇 개나 부러뜨릴 거죠?"

"그거야 필리스 선수들이 결정하는 거 아닌가요?"

"커터 안 던질 거예요?"

"제 밥줄인데 그럴 수는 없죠."

"회당 하나씩 어때요? 너무 많이 부러뜨리면 선수들이 열
받을 테니."

"노력해 보죠."

대답과 함께 게임이 시작되었다.

〈브레이브스 스타팅 멤버〉

1번 타자: 리베라(RF)

2번 타자: 피터슨(SS)

3번 타자: 루이즈(3B)

4번 타자: 켐프(LF)

5번 타자: 가르시아(DH)

6번 타자: 알비에스(2B)

7번 타자: 아르나드(1B)

8번 타자: 존슨(CF)

9번 타자: 로커(C)

선발투수: 황운비

〈필리스 스타팅 멤버〉

1번 타자: 미셸 에르난데스(2B)

2번 타자: 제임스 갈비스(SS)

3번 타자: 안드레이 나바(DH)

4번 타자: 닉 에레라(CF)

5번 타자: 루이안 조셉(1B)

6번 타자: 알버트 러프(C)

7번 타자: 아론 켄드릭(LF)

8번 타자: 리키 코젠스(RF)

9번 타자: 다니엘 스토베(3B)

선발투수: 조셉 벨라스케스

필리스는 지난 시즌 브레이브스와 탈꼴찌 경쟁을 벌인 팀.
살인 타선을 자랑하던 2007년의 영화는 오랜 과거가 되고 있
었다. 팀 면모도 브레이브스와 난형난제, 선발투수진이 B급

수준으로 평가되는 것 외에는 큰 강점이 없었다. 그래도 포수를 중심으로 한 2루수와 유격수, 중견수 라인은 나름 승리기여도를 평가받고 있었다.

선발투수는 우완의 조셉 벨라스케스.

필리스의 에이스는 팻 헤릭슨, 알렉스 벅홀츠 등이 꼽힌다. 하지만 오늘은 벨라스케스가 선발로 나왔다. 그 또한 브레이브스의 카브레라처럼 폭발적 구위를 자랑하는 광속구 투수였다. 지난해 초반 성적은 어마무시했다. 하지만 부상으로 중반 이후 시즌을 마감했다. 그는 고등학교 때부터 부상을 달고 살았다. 부상에서 얼마나 회복되었는지가 오늘 투구의 관건이었다.

1회 초.

브레이브스의 선공이 시작되었다.

타석에 선 건 리베라였다. 헬멧 안에서 리베라의 눈이 섬광처럼 번득였다. 로진백을 던져놓은 벨라스케스가 투수판을 밟았다. 가볍게 와인드업한 초구가 날아왔다.

뻑!

소리는 좋았다. 하지만 높았다. 소리로 보아 155km/h는 넘을 듯싶다. 포수 러프가 일어나 공을 낮추라는 사인을 보냈다. 고개를 끄덕인 벨라스케스가 2구를 날렸다.

픽!

포구에서 김빠지는 소리가 났다. 2구는 낮았다. 다시 로진 백을 만진 투수가 3구를 날렸다. 공은 한가운데에서 살짝 높은 포심이었다.

짝!

리베라의 방망이가 놓칠 리 없지만 구위에 눌렸다. 공은 포수 어깨너머로 훌쩍 날아가 버렸다. 리베라가 조금 더 웅크렸다. 4구는 슬라이더였다. 그 또한 바깥쪽으로 휘었다. 리베라는 반응하지 않았다. 벨라스케스는 아직 영점을 잡지 못하고 있었다. 안으로 파고드는 공을 골라낸 리베라, 결국 3—2에서 포볼을 얻었다. 좋은 출발이다.

2번은 피터슨이다. 오늘은 스완슨이 빠져 있었다. 피터슨은 공 두 개를 기다렸다. 둘 다 볼이 되었다. 볼카운트 투 볼. 리베라가 반 발을 더 리드하기 시작했다. 그걸 용인할 배터리는 아니었다. 투수의 견제구가 거푸 날아왔다. 그래도 리베라의 도발은 멈추지 않았다.

신경을 곤두세운 벨라스케스가 투구 모션에 들어가자 리베라가 뛰었다. 완전하게 투수의 타이밍을 뺏은 도루 시도였다.

하지만,

짝.

소리와 함께 피터슨의 방망이가 돌았다. 조금 높은 공에 손이 나갔다. 공은 1루 관중석으로 날아갔다. 2루에 도달한 리베라가 아쉬움을 삭였다. 치지 않은 것만 못한 타격이었다. 어쩌면 그게 오늘 운비의 일진을 예고하고 있는 것인지도 몰랐다.

4구째, 체인지업을 따라 나간 피터슨의 방망이. 공은 홈 플레이트 바로 앞을 치며 투수 쪽으로 굴렀다. 재빨리 공을 건은 투수가 2루에 던져 선행 주자 아웃, 공은 그대로 1루로 날아가 또 하나의 아웃 카운트를 만들었다. 졸지에 투아웃, 주자까지 사라지고 말았다.

"우어어!"

브레이브스의 더그아웃에서 신음 소리가 새어 나왔다.

3번 타자부터 벨라스케스의 투구가 안정되기 시작했다. 볼하나 뒤에 연속 스트라이크를 잡더니 결국 루이즈를 돌려세웠다. 높은 포심에 배트가 돌았지만 공 스피드가 압권이었다.

"스뚜우아웃!"

주심은 지르기를 하듯 허공에 펀치를 먹이며 콜을 외쳤다. 스피드건의 측정 기록은 무려 159㎞/h였다.

1회 말.

운비가 마운드를 밟았다. 오늘도 여전히 마운드까지 외야수처럼 질주했다. 우뚝 솟은 마운드의 주인이 된다는 것, 그건 늘 설레는 일이었다. 마운드에 서서 홈을 바라보았다.

'후우!'

숨을 골랐다. 홈 플레이트에 매직 존이 섰다. 그게 서는 순간 온몸에 흐르던 피로감이 활력으로 변하는 게 느껴졌다. 운비가 기다리던 그 순간이다.

고마워.

30% 체력 회복.

느슨하던 근육세포에 힘이 느껴졌다. 그렇다면 이제 전력투구도 문제없었다.

필리스의 선두 타자는 에르난데스. 방망이를 두 번 휘둘러 보고 타석에 자리를 잡았다. 그러자 매직 존이 더욱 활성을 띄었다. 그런데 좀 심했다.

매직 존에서 눈을 떼지 못하는 운비, 이내 소스라치기 시작했다.

'응?'

운비가 고개를 저었다. 매직 존이 이상했다. 원래 아홉 개로 보이던 존의 외곽이 확 넓어진 것이다.

'몸이 이렇게 안 좋나?'

다시 한번 매직 존을 확인하는 운비.

"……!"

그러다 알게 되었다. 매직 존은 아홉이 아니었다. 매직 존이 스물다섯으로 커져 있었다. 아홉 개의 존, 그 외곽으로 또 하나의 띠가 생긴 것이다.

스트라이크존.

타자는 꼭 그 존 안의 공만 치는 게 아니다. 때로는 존에서 살짝 벗어난 낮은 공도, 높은 공도 타격한다. 그런 공을 안타로 만드는 타자는 셀 수도 없다. 지금 보이는 존이 그랬다. 스트라이크존 외곽에 또 하나의 존을 형성해 준 것이다. 타자의 '모든' 핫 존과 콜드 존을 볼 수 있는 것이다.

'아!'

탄식이 나왔다. 그때 세형에게 One+One을 안겨주던 날, 그때 게임기에서 흘러나오던 멘트, 그 멘트가 현실로 나타난 것 아닌가?

'이거……'

잠시 마운드를 벗어났다가 돌아왔다.

존은 25개가 맞았다.

이제는 아홉이 아니라 스물다섯이었다.

에르난데스는 스트라이크 밖의 존에도 핫 존이 있었다. 몸쪽 낮은 공과 바깥쪽 모서리의 높은 공. 한가운데서 몸 쪽으로 공 하나 높은 지점이 활활 타올랐다.

그런데 공교롭게도 로커의 미트가 그 핫 존을 가리키고 있었다.

'던져.'

로커가 재촉했다.

운비는 고개를 갸웃거렸다.

'뭐 해? 던지라니까.'

'아뇨.'

운비가 고개를 저었다.

"타임!"

시작도 하기 전에 로커가 운비에게 달려왔다.

"헤이, 뭐 하자는 거야?"

그의 짜증이 작렬했다.

"그 코스, 에르난데스 존입니다."

"뭐야?"

"에르난데스 존이라고요."

"어이, 너 빅 리그 뛰어봤어?"

"……."

"작년까지의 저 친구 데이터 봤느냐고?"

"……."

"거기가 저 친구 콜드 존이야. 그쪽 타율은 0.120 정도밖에 안 된다고."

'그럴 리가?'

"헛소리 말고 던져."

로커는 눈알에 힘을 주고 포수 자리로 돌아갔다.

"……."

운비는 로커의 말을 믿었다. 그는 포수다. 포수는 투수를 리드한다. 리드하지 못하면 좋은 포수가 아니다. 게다가 그가 비록 최상급은 아니라고 해도 빅 리그의 포수가 아닌가?

하지만 믿을 수 없었다.

매직 존.

그 존재가 무엇인가? 지금까지 매직 존은 한 번도 허튼 신성을 발현한 적이 없다. 지금도 그랬다. 외야를 돌아보면 출렁거리는 리베라의 눈빛까지도 보일 정도이다. 센터필더 존슨과 레프트필더 켐프의 입가에 묻은 침도 보인다. 그라운드 전체를 지배하는 신성. 그러니 매직 존이 잘못되었을 리 없었다.

'몸 쪽 낮은 공.'

로커의 미트가 재촉했다. 주심도 함께 재촉했다. 운비가 투수판을 밟았다. 그리고 필리스를 향해 초구를 날렸다.

빽!

포심이었다. 공은 로커가 원한 코스가 아니었다. 몸 쪽 높은 공을 뿌린 것. 그런데 제구가 조금 빠져 버렸다.

'헤이, 지금 장난하냐?'

로커가 사인을 보내왔다.

'제구 안 돼?'

'⋯⋯.'

'몸 쪽 낮은 공.'

로커의 미트는 여전히 그 자리였다. 2구는 커터를 날렸다. 에르난데스의 안쪽을 파고드는 코스였다. 공은 안쪽 존에 '간신히' 걸렸다.

볼카운트 1─1.

'이 자식……'

로커가 운비를 쏘아보았다.

'그런단 말이지?'

발끈한 로커가 몸 쪽 높은 포심을 요구했다. 그건 엇가기였다. 에르난데스의 핫 존이기도 한 곳.

'알겠습니다.'

운비는 사인을 받아들였다. 어차피 하나쯤 던져야 할 코스였다.

슈욱!

3구가 날아갔다.

짝!

타격 음과 함께 공이 빨랫줄처럼 뻗었다. 동시에 3루수 루이즈가 껑충 솟구쳤다. 공은 그 글러브 안으로 빨려들어 갔다. 거의 안타성 타구를 걷어냈다. 운비에게는 행운이었다.

2번 갈비스 타석에서 로커의 리드에는 문제가 없었다. 문제는 운비 쪽이었다.

"……!"

공 두 개를 던진 운비는 고개를 갸웃거렸다. 로커는 몰라도 스즈키라면, 플라워스라면 알았을 일이다. 제구에 문제가 있었다. 그럭저럭 들어가는 것 같지만 공 한두 개가 벗어나고 있었다. 동시에 구속도 낮아졌다. 구속을 올리면 공이 반드시 높거나 낮았다.

체력이 떨어진 건 아니었다. 마운드에 서기 전에는 피로감이 있었지만 지금은 없었다. 그럼에도 불구하고 제 컨디션이 나지 않는 건 두통 때문이었다.

'황운비⋯⋯.'

운비는 스스로를 다그쳤다.

'완투할 것도 아니야. 길어야 3회라고.'

그래봤자 공 40~50개. 100구 정도는 껌으로 알던 소야고 시절의 등판에 비하면 댈 것도 아니었다. 포심이 하나 들어갔다. 그 역시 쏠렸다.

쩍!

갈비스의 방망이가 매섭게 돌았다. 기어이 안타가 되고 말았다.

타석에 안드레이 나바가 들어섰다. 시범 경기에서 0.400을 치고 있는 불방망이. OPS도 0.900를 찍고 있는 요주의 인물이다.

초구는 벌컨 체인지업으로 타격감을 흩어놓았다. 나바는 움직이지 않았다. 2구로 커터가 들어갔다. 나바의 방망이가 돌았다.

짝!

소리와 함께 공이 뒤로 휘었다. 나바는 주심에게 타임을 신청하고 더그아웃으로 향했다. 방망이에 금이 간 것이다.

3구는 몸 쪽 꽉 찬 포심이 들어갔다. 다시 한번 나바의 방망이가 돌았다. 공은 운비 옆으로 빠져나갔다. 손을 뻗었지만 닿지 않았다. 다행히 거기 피터슨이 있었다. 공을 잡은 피터슨. 2루 커버에 들어온 알비에스에게 공을 토스했다. 간발의 차이로 선행 주자를 잡았다.

투아웃 1루.

한숨 돌린 상태에서 닉 에레라를 맞이했다. 필리스와 5년 계약을 한 선수이다. 필리스에 꼭 필요한 선수 중 하나. 상징성을 갖는 선수는 저력이 있다. 에레라 역시 마찬가지였다.

커터.

포심.

벌컨 체인지업.

공 세 개를 던졌지만 카운트는 2─1이 나왔다. 스트라이크 존에 걸치는 커터에는 방망이가 나왔지만 나머지는 참아낸 에레라였다.

'제구……'

마음먹은 대로 꽂지 못하는 건 처음이 아니다. 스트라이크

존은 마법과 같았다. 한번 조준이 되지 않는 날은 그야말로 난공불락이었다.

프로 선수가 스트라이크 하나 못 던지냐?

사람들은 말한다.

그런데 정말 그런 날이 있다. 마치 답 사이를 찍는 답안지처럼 존이 빗나가는 것이다. 어쩌다 스트라이크존에 들어가는 공은 정말이지 '어쩌다'였다.

오늘이 그랬다.

포수의 미트는 에레라의 콜드 존에 자리 잡고 있었다. 에레라는 오프스피드에 약점이 있었다. 스트라이크존으로 치면 기역 자 모양에 해당하는 코스가 그랬다. 하지만 그 존이 아니라면 위험했다. 한마디로 오프스피드는 그에게 있어 도 아니면 모였다.

'체인지업, 몸 쪽 높게.'

로커의 미트가 콜드 존의 꼭짓점으로 향했다. 생각을 내려놓고 공을 날렸다.

뻑!

미트에 꽂히는 소리는 좋았지만 심판은 콜을 외면했다. 볼 카운트가 3-1으로 바뀌는 순간이다.

'가운데 포심.'

이제는 로커도 알았다. 운비의 컨디션이 그리 좋지 않다는 것을. 그렇기에 포볼 방지에 나선 것이다.

들어갈까?

불굴의 투지로 불타던 운비는 처음으로 자신에게 의구심이 들었다. 마운드에서 회복된 체력. 그러나 몸살 기운으로 흔들리는 머리. 그 미세한 불균형이 빚어내는 불협화음은 예상보다 컸다. 결국 공은 체력으로 던지는 게 아니었다. BFP 프로그램도 예측하지 못한 변수, 그게 바로 두통이었다.

스트라이크를 넣으려면 이런 상황에서는 스피드를 조금 죽여야 했다. 그렇게 되면 한 방 맞을 공산이 컸다. 에레라의 타순은 4번. 걸리면 투런이 된다. 하지만 다른 선택은 없었다. 오프스피드라면 체인지업. 운비의 흔들림을 아는 에레라라면 웬만하면 건드리지 않을 게 뻔했다. 게다가 그 자신이 좋아하는 구질도 아니었다.

'던지는 수밖에.'

Slow and Steady.

1루에 공을 한 번 뿌린 운비는 그대로 퀵 모션에 들어가 포심을 구사했다. 제발 에레라 앞에서 제대로 부유하는 라이징 패스트 볼이 되기를 바라며.

쩍!

에레라의 방망이가 제대로 돌았다. 제구를 의식한 덕에 스피드가 죽은 것이다. 145㎞/h를 찍은 공은 에레라에게 부담이 될 수 없었다.

타구를 쫓던 운비는 겨우 안도의 숨을 쉬었다. 리베라 방향이었다. 다행히 아주 멀리 가지도 않았다. 옆으로 몇 발 이동한 리베라가 공을 포구했다.

'후우!'

운비에게는 길고 긴 1회가 마감되고 있었다.

2회 초.

브레이브스의 켐프가 타석에 들어설 때였다. 로커가 운비에게 다가왔다.

"어이."

운비가 고개를 들었다.

"왜 네 멋대로 구는 거야?"

"멋대로 구는 거 아닙니다."

"아니면? 게임 망치고 싶어?"

"에르난데스 때문이라면 제 생각이 맞습니다."

"뭐야?"

"에르난데스, 그 코스에 약하지 않습니다."

"뭐라?"

로커는 어이없다는 표정을 지었다.

"이봐, 황. 그건 로커 말이 옳아. 데이터도 그렇다고. 나라도 그렇게 리드할 거고."

사람 좋은 플라워스가 끼어들었다. 같은 포수라서 편을 드는 게 아니었다. 데이터 자체가 그랬다.

"그렇다면 에르난데스의 존에 변화가 있습니다."

"뭐야?"

로커의 미간이 일그러졌다. 순간 타석에서 타격 음이 들려왔다. 제대로 밀어 쳤지만 공은 우익수에게 걸렸다. 코스가 좋지 않았다. 이상한 2회였다. 가르시아의 타격 역시 잘 맞은 공이었다. 그 공은 2루수의 다이빙 캐치에 막혔다. 알비에스도 분루를 삼켰다. 그 공은 유격수를 빠져나갈 듯싶었지만 역모션에 잡혔다. 에르난데스는 점프한 채 몸을 돌려 송구했다. 원 바운드가 된 공은 1루수 조셉의 글러브로 빨려들어 갔다.

아웃!

1루심이 주먹을 불끈 쥐었다.

"제대로 하라고."

으름장을 놓은 로커가 마스크를 눌러썼다. 8구 만에 마감이 된 브레이브스의 2회 공격이었다.

2회 말.

루이안 조셉이 5번 타자로 타석에 섰다.

초구로 들어간 포심이 사고를 쳤다. 로커의 미트는 몸 쪽이었지만 가운데로 들어간 것이다. 공을 놓는 순간 운비도 그것을 알 수 있었다.

짝!

조셉의 방망이엔 용서가 없었다. 공은 쭉쭉 뻗어가 루이즈와 켐프의 중간을 시원하게 갈라놓았다. 펜스를 맞고 나온 공을 켐프가 주워 들었지만 조셉은 이미 2루에 가까웠다.

다음 타자 러프 역시 적극 배팅으로 나왔다. 초구 체인지업을 휘두르더니 2구로 들어간 커터에도 방망이가 나왔다. 공은 다행히 3루 땅볼이 되었다.

타석에 아론 켄드릭이 들어섰다. 필리스에서는 외야의 사령탑 역할. 오늘은 프레디 선더스를 제치고 선발로 나온 켄드릭이다. 예정대로라면 선더스가 방방 날아야 할 자리였다. 적어도 지난해 올스타전까지는 그랬다. 간만에 올스타에 선발된 선더스. 하이커리어를 찍나 싶을 정도로 활약이 괜찮았다. 바로 그때 올스타전이 열리기 전까지는.

그 이후가 문제였다. 올스타전 이후 내리막에 들어선 켄드릭은 컨디션을 회복하지 못했다.

야구는 섬세하다. 투수야 말할 것도 없고 타자도 그렇다. 한 번 감을 잃으면 치명적이다. 그 잃어버린 감을 빨리 되찾는 게 좋은 선수가 되는 길이기도 했다.

원아웃 2루.

마음을 다잡고 존에 집중했다. 이글거리는 매직 존. 오늘따라 확장되어 타오르고 있었으나 하필 오늘의 제구력은 엉망이었다. 저기다 꽂기만 하면 아웃시킬 확률이 늘어나는데 어쩔 수가 없었다.

숯불에 자글자글 구운 불고기를 목이 아파 먹을 수 없는 심정이 이런 것일까? 차려놓은 밥상에 숟가락을 얻을 수 없는 심정은 고통이었다.

'포심.'

로커의 미트가 사인을 전해왔다. 공은 다시 하나가 빠졌다. 그나마 확연한 볼이 아닌 건 사력을 다하는 까닭이다.

'커터.'

그 또한 몸으로 너무 파고들었다. 노련한 켄드릭은 엉덩이를 빼며 여유를 부렸다. 3구는 다시 커터.

짝!

켄드릭의 방망이가 날렵하게 돌았다. 1루수가 껑충 솟구치며 잡아냈다. 코스가 나쁜 게 행운이었다.

투아웃!

다음 타자는 우익수를 보는 리키 코젠스였다. 3구까지는 좋았다. 첫 공은 볼이 되었지만 두 번째는 스트라이크가 되었고, 세 번째는 파울이 나왔다. 하지만 4구로 날아간 공에 사달이 났다. 타격 음과 함께 운비는 알았다.

'장타……'

공은 중견수를 보기 좋게 오버했다. 2루에서 지루하게 머물던 조섭은 3루를 돌면서 속도를 줄였다. 걸어 들어올 정도의 여유였다. 그사이에 코젠스는 2루를 점령하고 있었다.

1 대 0.

투아웃에 2루.

헤밍톤이 월리 윤을 대동하고 나왔다. 로커가 그 곁에 합류했다. 세 사람은 마치 장벽처럼 다가왔다. 한 걸음 가까워질 때마다 운비의 숨소리가 잦아들었다.

로커와 헤밍톤이 뭐라고 대화를 나누었다. 좋은 표정이 아니다. 마운드로 온 헤밍톤이 운비의 엉덩이를 쳐주었다. 예감이 맞았다. 첫 강판이다.

마운드.

시작과 함께 달려 나갔던 마운드. 더그아웃까지 멀지도 않건만 오늘따라 천리는 되어 보였다. 공부가 되었다. 안 되는 날은 안 된다. 누구도 피할 수 없다. 그건 투수의 운명이었다.

그런데 라인을 넘는 순간, 운비는 살을 치는 오한을 느꼈다. 두통 또한 해머로 내려치는 듯 번져갔다. 당연히 체력도 확 떨어져 버렸다. 큐빅의 신성으로 유지되던 체력이 바로 원상태로 돌아간 것이다.

'젠장.'

운비는 자신의 변화를 숨기기 위해 이를 물었다.

"수고했다."

스즈키가 먼저 운비를 반겼다. 실바와 블레어, 투산과 귀웨이룽 등도 운비를 격려해 주었다.

"황!"

스즈키가 운비를 바라보았다.

"예?"

"어디 아파?"

"아뇨."

"하긴 좋을 리가 없지. 하지만 그런 날도 있는 법이야."

스즈키의 시선이 스니커에게 돌아갔다. 감독은 굳은 표정으로 뭔가를 메모하고 있었다.

헤밍톤의 간택을 받은 투수는 토모였다. 다니엘 스토베를 맞이한 토모의 1구는 슬라이더로 장식되었다. 각을 세운 공이 보란 듯이 미트에 꽂혔다. 원래 필리스 3루의 주인은 토미 프랑코. 중심 타선을 치던 선수지만 지난해 성적이 좋지 않았다. 그렇기에 오늘 스토베에게 밀린 프랑코였다.

빽!

2구도 슬라이더였다. 하지만 궤적이 달랐다. 좌우 궤적의 두 슬라이더를 가진 토모. 오늘 컨디션이 좋은지 기량을 마음 껏 뽐내고 있었다.

"저 자식, 너무 들이대잖아?"

운비 옆의 블레어가 고개를 갸웃거렸다. 그 우려가 적중한

것인지 4구로 들어간 패스트 볼이 방망이에 걸렸다. 공은 2루
베이스를 타고 넘어갔다. 2루의 코젠스가 홈을 밟았다. 운비
의 자책점이다. 방어율이 훌쩍 치솟는 순간이다.

"저렇다니까."

블레어가 아쉬움을 뿜었다. 토모가 의도적으로 운비의 자
책점을 늘려줬다는 의심이다. 토모 역시 운비와 경쟁하는 선
수 중의 하나. 그 의심은 근거가 있었다. 이어진 벨라스케스
타석이 그랬다. 기세가 붙은 토모가 슬라이더 승부구로 스탠
딩 삼진을 솎아낸 것이다.

하지만 운비의 눈은 이어 등장하는 에르난데스에게 꽂혀
있었다. 로커와 토모. 어떤 볼 배합을 가져갈 것인가? 그게 더
궁금했다. 운비의 예측은 빗나가지 않았다. 로커는 자신이 기
억하는 에르난데스의 콜드 존에 공을 요구했다. 그러나 운비
의 매직 존에는 핫 존으로 보인 그 존.

짝!

에르난데스의 배트가 돌았다. 공은 2루수와 1루수 사이를
뚫고 나갔다. 운비가 벌떡 일어섰다. 운비가 옳았던 것이다.

'매직 존.'

그 신묘함에 등골이 오싹해졌다.

입맛을 다신 토모는 심기일전해 갈비스를 요리했다. 그 역
시 삼진으로 돌려세워 버린 것. 안타 하나를 맞았지만 그건

운비의 자책점. 경쟁자는 다운시키고 자신은 업. 토모의 입장에서는 꿩 먹고 알 먹은 구원이었다.

4회까지 그랬다. 삼진 네 개를 곁들인 토모는 4회 말이 끝나자 투산으로 교체되었다. 운비가 죽고 토모가 뜬 날이었다.

이날은 리베라도 신통치 않았다. 내야 안타를 하나 생산하긴 했지만 투아웃 이후에 나온 영양가 없는 단타였다. 나머지 세 타석은 모두 땅볼과 외야플라이로 물러나고 말았다. 4타수 1안타. 리베라에게도 아쉬운 날이 분명했다.

6회, 다시 에르난데스의 타석이 돌아왔다. 브레이브스의 마운드에는 블레어가 있었다. 하지만 포수 로커의 선택은 여전했다. 토모의 공으로 안타를 맞고도 또 그 코스를 요구했다. 별수 없는 일이었다. 로커의 기억 속에는 거기가 바로 에르난데스의 아킬레스건. 그러니까 아까의 안타는 어쩌다 일어난 행운으로 판단한 것이다. 제아무리 콜드 존이라고 해도 가끔은 안타가 나오는 법이니까.

짝!

에르난데스는 보란 듯이 안타를 쳐냈다. 그제야 로커의 고개가 갸웃 돌아갔다. 변화를 감지한 것이다. 그래도 승리의 여신은 브레이브스에게 윙크를 해줬다. 가르시아의 2타점 2루타와 존슨의 싱글 홈런 덕분이다. 특히 존슨의 싱글은 9회 끝내기로 나왔다.

"와아!"

공이 담장을 넘어가자 운비가 제일 먼저 환호했다. 투수도 사람이다. 되는 날도 있고 안 되는 날도 있다. 중요한 건 팀의 승리였다. 그 승리를 이끌어낸 홈런이니 좋아하지 않을 이유가 없었다. 지끈거리던 두통과 오한도 조금은 가시는 듯싶었다.

에르난데스의 존에 대한 의문은 여기서 풀렸다. 필리스 전담 리포터와의 인터뷰였다. 이날 패한 필리스. 그러나 멀티 히트를 친 에르난데스는 인터뷰 자격이 있었다. 취약점으로 평가 받던 콜드 존의 공을 두 개나 안타로 만든 까닭이다.

"지난겨울 타격 아카데미에서 땀 좀 흘렸거든요. 레이먼드의 개인 지도로 약점을 보완했습니다."

레이먼드는 필리스의 살인 타격 시대의 막을 연 타자들의 리더. 그의 족집게 과외가 해답이었다.

"......!"

그 말을 들은 로커가 운비를 쏘아보던 눈빛을 거두었다. 운비는 피식 웃어주었다. 로커를 원망하지 않았다. 그에게 매직 존이 있을 리가 없었다. 그것을 늦게라도 깨달았으니 더 바랄 게 없었다.

"이어, 토모!"

자축 모드에 돌입한 클럽하우스에 하트 단장이 등장했다. 그는 특유의 오버 액션으로 토모를 치하해 주었다. 동점타의 주인공 가르시아와 역전 홈런의 주인공 존슨까지. 그리고 그 세 명과 함께 기념사진까지 찍는 하트였다. 로커도 토모 편이었다. 몇 번이고 토모의 공을 추켜세웠다. 오늘처럼 던지면 사이영상도 문제없다는 과격한 립 서비스까지 나왔다.

"맡겨만 주십시오."

토모는 그 분위기에 얍삽하게 올라탔다.

"아, 저 자식."

구석의 블레어가 미간을 찡그렸다.

"로커요?"

운비가 슬쩍 대꾸해 주었다.

"아니, 토모."

"잘 던졌잖아요?"

"진심이야?"

"삼진 네 개에 무실점. 더 바랄 게 있나요?"

"네 승계 주자를 홈으로 보내줬잖아? 그거 저 자식이 일부러 그런 거야."

"예?"

"네 방어율 높여서 짐 싸게 하려고. 치사한 수작이 눈에 보인다니까."

"에이, 설마……."

"뭐가 설마야? 슬라이더는 방방 나는데 그때 던진 패스트 볼은 평균 이하였어. 저 자식은 우리를 같은 팀 동료로 보는 것이 아니라 경쟁자라고만 생각해. 누르고 밟아야 할 경쟁자."

"……."

—누르고 밟아야 할 경쟁자.

부인할 수 없는 명제였다. 스프링캠프에 모인 선수들이 모두 사이좋게 빅 리그로 갈 수는 없기 때문이다.

"그런데 안색이 왜 그래? 어디 아파? 오늘은 황당지 않아."

"예, 조금……."

"젠장, 그런데도 마운드에 올라갔단 말이야?"

"별거 아니에요. 그냥 약간의 두통……. 좋은 경험도 되었고……."

"아, 진짜 이놈의 빅 리거가 뭔지……."

블레어가 머리를 저으며 가방을 집어 들었다.

『RPM 3000』 4권에 계속…

초대형 24시 만화방

신간 100%, 샤워실, 흡연실, 수면실(침대석), 커플석, 세탁기 완비

▪ 시흥 정왕25시점 ▪

경기 시흥시 정왕동 1742-13 미스터피자 건물 5층
031) 319-5629

▪ 강북 노원역점 ▪

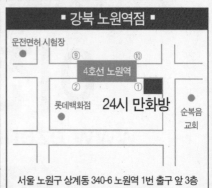

서울 노원구 상계동 340-6 노원역 1번 출구 앞 3층
02) 951-8324 (화용빌딩 3층)

▪ 일산 정발산역점 ▪

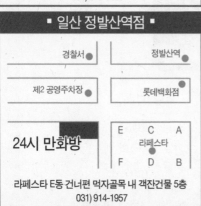

라페스타 E동 건너편 먹자골목 내 객잔건물 5층
031) 914-1957

▪ 일산 화정역점 ▪

경기도 고양시 덕양구 화정동 984번지 서일빌딩 7층
031) 979-4874 (서일사우나 건물 7층)

▪ 부천 역곡역점 ▪

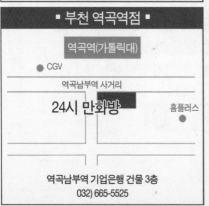

역곡남부역 기업은행 건물 3층
032) 665-5525

▪ 부평역점 ▪

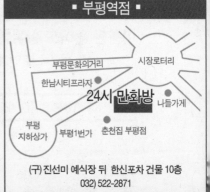

(구)진선미 예식장 뒤 한신포차 건물 10층
032) 522-2871

이계진입 리로디드

임경배 퓨전 판타지 소설

FUSION FANTASTIC STORY

『권왕전생』임경배의 2015년 신작!

『이계진입 리로디드』

**왕의 심장이 불타 사라질 때,
현세의 운명을 초월한 존재가 이 땅에 강림하리라!**

폭군으로부터 이세계를 구원한 지구인 소년 성시한.
부와 명예, 아름다운 연인…
해피엔딩으로 이야기는 끝인 줄 알았건만
그 대가는 지구로의 무참한 추방이었다.
그리고 10년 후…….

"내가 돌아왔다! 이 개자식들아!"

한 번 세상을 구한 영웅의 이계 '재' 진입 이야기!

Book Publishing CHUNGEORAM

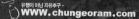

유행이 아닌 자유추구-
WWW.chungeoram.com

2016년의 대미를 장식할 최고의 스포츠 소설!!

Career record : 984W 26L
Career titles : 95
Highest ranking : No.1(387weeks)
Grand Slam Singles results : 23W
Paralympic medal record : Singles Gold(2012, 2016)

약 십 년여를 세계 최고로 군림한 천재 테니스 선수.
경기 내내 그의 몸을 지탱하고 있는 것은…… 휠체어였다.

『그랜드슬램』

휠체어 테니스계의 신, 이영석(32).
그는 정상의 자리에서도 끝없는 갈망에 사로잡혀 있었다.

"걷고 싶다, 뛰고 싶다. …날고 싶다!!"

뛸 수 없던 천재 테니스 선수
그에게, 날개가 달렸다!!!

Book Publishing CHUNGEORAM

유행이 아닌 자유추구 -
WWW.chungeoram.com

GAME
BALL

게임볼 설경구 장편 소설
FUSION FANTASTIC STORY

무명의 야구인이었던 남자,
우진이 펼치는 야구 감독으로서의 화려한 일대기!

『게임볼』

"이 멤버로 우승을 시키라고?"

가상 야구 게임,
게임볼을 통해 인생 역전을 꿈꾸는

한 남자의 뜨거운 행보에 주목하라!

Book Publishing CHUNGEORAM

유행이 아닌 자유추구 -
WWW.chungeoram.com

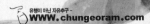